かわいくなくても

松雪奈々

幻冬舎ルチル文庫

CONTENTS ✦目次✦

かわいくなくても

✦イラスト・麻々原絵里依

✦カバーデザイン＝小菅ひとみ（CoCo.Design）
✦ブックデザイン＝まるか工房

かわいくなくても

一

桜咲く春。入学入社に転勤と、引越しシーズンの到来である。引越し屋のかき入れどきである。

父親の経営する弱小引越し屋に勤める田村大和《たむらやまと》は、その日も荷物運びに励んでいた。

「では、ご利用ありがとうございました」

「あの、田村さん」

仕事を終えて帰る間際、依頼主の若い女性に呼びとめられた。

「このあとのご予定はありますか。お世話になったので、お礼にお食事でも」

短い時間にもかかわらず、依頼主は大和に好意を持ったらしい。それも無理からぬことではあった。

なにしろ大和は男前である。奥二重の切れ長の瞳《ひとみ》は涼しげで、高い鼻梁《びりょう》に引き締まった口元は清潔感と男気に溢《あふ》れている。短めの髪がまた一段と凛々《りり》しさを強調していて、長身でやや細身の身体《からだ》はスタイルよく、ほどよく引き締まっている。軽々と荷物を運び込む姿は男っぼく、さぞかし頼りがいがありそうに映るだろう。

そのくせ男臭さが鼻につくわけでもなく、むしろ紳士的な佇《たたず》まいだったりする。ついでに客商売のくせに愛想がなくて、そこがまた女性の心をとらえるようだ。

女性としては、いい男との予想外の出会いである。一介の引越し屋社員かと思いきや、よくよく話を聞いてみれば零細経営とはいえいちおう社長の息子。ここで別れたらもう会うこともない。お礼と称して食事にでも誘ってお近づきになりたい、いやべつにやましい気持ちではなく感謝の気持ちだし、引越し屋に食事をふるまうなんてよくあることだしっ、ということで、思いきって声をかけてくるわけである。

このように依頼主が女性の場合、誘われることがすくなくない。しかし大和はいちどもその誘いに乗ったことはなかった。

「ありがとうございます。せっかくですが、社のほうへ戻りませんと。またのご用命をお待ちしております」

今日もそっけなく断り、帰っていく。

女性はなかなかの美人だったが眼中にはない。なぜなら大和は見るからに男前な容貌《ようぼう》にもかかわらず、乙女で一途《いちず》な妄想系男子だったりするからだ。道行く女性が思わずふり返るほどの男前のくせに、趣味はレース編みという乙女っぷり。そして十六のときの初恋の相手に十年経《た》ついまでも片想いし続けているという一途さだ。好きになったのは生涯でその男ひとりきりで、ほかの男には興味もない。

レース編みは幼い頃に他界した母親が趣味にしていて、その道具があったのである日なんとなく手にしたら、その奥深い世界にはまってしまったのだった。さすがに恥ずかしいので友人や仲間には内緒の趣味である。

ともかくそんなわけで当然童貞である。キスすらしたこともない。二十六にもなってノーキス童貞なんて恥ずかしいが、好きな相手以外としたいとは思えず、しかしその相手は自分のことを友だち以上には思っていないのだから童貞脱却は不可能だった。

このまま清らかな身体で、エッチも知らずに年老いて自分は死んでいくのかもしれないと思うと一抹《いちまつ》の寂しさを感じることもあるが、見栄《みえ》や性欲のために他人と身体を重ねたくはない。エッチは神聖な愛の行為である。好きな人としてこそ価値あるものだと固く信じている。もしいつかする日がくるとしたら、両想いの喜びを噛《か》み締めながら愛に溢れたエッチをしたい。親にも見られたことのない身体の秘めた場所なんて、なんとも思っていない相手にさわられたくない。見られたくないのである。

曲がったことがきらいな大和は恋愛に関しても純粋で崇高な考えの持ち主だった。いまどき女子中学生のほうがよっぽど捌《さば》けていそうな気もする。男のくせにと自分でも思うが、無理なものは無理なのだ。恋愛に対して東京スカイツリーよりもドバイのブルジュハリファよりも高い憧《あこが》れを抱いている。

とはいえ、いつか白馬に乗った王子さまが迎えに来てくれる、とは思わない。なぜなら白馬に乗った王子さまは、すでにそばにいる。十年前からそばにいる。ただ、馬上から降りず、自分に目をむけてくれないだけで。

乙女な大和は一途な恋心のために、今日も敬虔《けいけん》な修道女のように貞節を守り抜いていた。

そんな強い信念があるだけでなく、とくに今日は誘いを断らねばならない理由があった。すでに先約が入っているのである。

飲みに行こうと誘いのメールがあったのだ。

その白馬の王子――柏井章吾《かしわいしょうご》から。

そそくさと帰宅してシャワーを浴びて髪を整え、気張りすぎず、まただらしなくもない見栄えのシャツとジーンズに着替えて、ほどよい時間になると家を出た。

章吾から昨夜届いたメールを胸をときめかせながらなんども読み返し、いま家を出たと送信する。

章吾は十年来の親友で、会うのはひと月ぶりだった。今日この日のために日々をがんばってきたようなものだ。どきどきしながら今夜の目標を考える。

「今日の……今日の目標は、さりげなく手を握ることだっ」

ささやかな接触、けれど恋する乙男《オトメン》にとっては一大計画を目論《もくろ》み、大和はぐっとこぶしを握り締めた。

「に、握るのは無理か……さわるぐらいにしておくか……いや、でも……」

手を握るだなんて、大それたことができるだろうか。

目標が大きすぎて若干気弱になり、目標設定を下げてみる。でもうまいきっかけがあればなんとか……、と考え直す。もし握ることができたら、今後ひと月は会えなくてもきっとハッピーな気分でいられるはずだ。

お互いに忙しく働いている身であり、会えるのはほぼひと月にいちどである。今後一ヶ月がんばるための自分へのご褒美が必要だった。

がんばれ自分、やればできる、と己を鼓舞し、電車に乗る。人目があるので悶々《もんもん》とするのは内心にとどめ、章吾の住む阿佐ヶ谷で降りたとき、電話が鳴った。

章吾からだ。

「もしもし」

『大和。いまどこにいる』

明るくて甘い声が鼓膜を震わせる。それだけでソーダ水のようにしゅわわっと胸が弾《はじ》け、鼓動が速まってしまう。

「いま駅を出たところ。そっちにむかってる」

『ひと足遅かったか。おれもむかってるから、そろそろ――あ、見つけた』

大和ぉ、と携帯ではなく前方から名を呼ばれ、そちらへ目をむけるとこちらへ走ってくる章吾の姿があった。すぐに目の前までやってくる。

長めの髪に、目鼻立ちのはっきりとした彫りの深い顔。見る者を惹《ひ》きつける華やかな顔立ちはちょっと遊び人ふうで、甘ったるい色香が滲《にじ》みでている。とくに目つきが印象的で色っぽい。一般的に見ても色男ではあるが、大和の目にはそれが特別鮮烈に映り、脳内で二割増しに誇張される。よって、大和は章吾のことを、まなざしだけで男でも妊娠させられそうだと思っていたりする。

体格は大和とほぼいっしょに見えるが、彼のほうが若干たくましいだろうか。ぴったりとしたカットソーとジーンズがよく似合っていた。

ああ……。

――かっこいい……。

大和は陶然としてその姿に見惚《みと》れた。まわりの風景がかすんでしまうほど章吾で頭がいっぱいになってしまう。大和の脳内ではただちにその場はふたりしかいない草原となり、道行く人は花となり、見えるものすべてが章吾を引き立てるための舞台装置となってしまう。

それほど呆《ほう》けていても、幸いにも大和は感情が表情に出にくいタイプで見惚れているようには見えない。それは妄想が顔に出ないように日頃から気をつけていた成果であり、意識していないときでも無表情を保てるようになっている。だからいまもまわりの目には変わらず、男前がきりりと立っているように映るはずだった。

「よっ」

「よう」

高校入学当初からつるんでいる親友である。長いあいさつはふたりのあいだには必要なく、そのひと言だけで心が通じる。

「いつものコースでいいか」

「ああ」

頷《うなず》くと、章吾が人懐こい笑顔を浮かべた。と思ったら、いきなり大和の首に腕をまわし、がばっと身体を引き寄せた。

「うわっ」

「よし。行こうか」

章吾は大和を抱えたまま、陽気に歩きだしてしまう。

この男は人目を気にせず気ままにふるまう癖がある。そしてちょっと強引なくらいぐいぐい大和を引っ張ってくれる。どちらかと言えばぐるぐる悩んでしまうたちの大和は、章吾のそんなところに魅力を感じ、惹かれているのだが――、いまのこの密着しすぎな状況は大和には刺激が強すぎる。

見た目よりもずっとたくましい彼の腕や胸板を頬《ほお》に感じてしまってパニック寸前だ。

「ちょ、ちょっと章吾、離せって！」

こんな路上で連れが鼻血をだしてもいいのかと問いたい。言えないけど。

「なんだよ、恥ずかしがるなよ」

「ばか、転ぶ……っ」

もがいたら、章吾は明るく笑って解放してくれた。

まったく勘弁してほしい。心臓に悪いったらない。

「ったく」

ぶつぶつ言いながらも、内心では心臓が爆発しそうだ。そんな状況でも顔色ひとつ変わらない自分のポーカーフェイスがこのときばかりはありがたい。

ああ、もう……。

手を繋《つな》ぐ、どころじゃない。本当に鼻血が出そうだ。

どきどきする胸を押さえながら、大和は章吾のあとについていった。


「愛した人はぁ〜〜〜〜〜ヅラだったのぉ〜」

スポットライトを浴びた章吾がマイクを片手に熱唱する。

「隠さないで〜わたし知ってるの〜」

「言っちゃだめさ〜」

昭和の香り漂うデュエット曲である。大和もマイクをとり、低音で男性パートを歌う。

ふたりがやってきたのはカラオケ店。男ふたりでカラオケである。酒も飲まずに歌い、踊り、ふたりっきりでばか騒ぎをくり広げている。

「光るひたい〜」

「どこまでもひたい〜」

「ああ〜努力は実らないものなのね〜〜〜わたしはぁ〜ハゲ散らかしていく頭を愛するだけぇ〜」

こぶしを利かせ、眉《まゆ》を寄せて真剣な面持《おもも》ちで歌う章吾の姿はうっとりするほど格好いいと大和は思う。その歌う曲がたとえハゲの歌であっても。

デュエットが終わり、ちゃらら〜んとはじまった次のイントロに大和が反応する。

「お、待ってました。『あんたの歯磨き粉』！」

「やっぱりこの名曲で締めなきゃ終われないでしょう」

章吾が空いている手でタンバリンをふりまわす。それにあわせて大和も適当なふりつけをする。

きまじめな大和をこんなふうに開放して弾けさせてくれるのは、章吾だけだった。章吾のほうも、自分の前ではリラックスしてくれているように大和は感じる。

二時間ノンストップで歌いまくったふたりは満足顔で店を出ると、今度は近くにあるなじみの居酒屋へむかった。

「このあいだ職場の送別会であれを歌ったら、ハゲをばかにするなと上司に怒られた。そんなつもりじゃないのに。あの名曲のよさを、どうして誰《だれ》もわかってくれないんだろうなあ」

「究極のラブソングなのにな」

俺は章吾ならばつるっぱげになったって愛していると心の中で思う大和である。

薄暗い店内のテーブル席につくと、大和はビール、章吾はハイボールを注文した。

「アワビの酒蒸しと、アスパラのイベリコ豚巻きでいいな。それから――」

相談というよりも確認といった具合で章吾がてきぱきとつまみを決めていく。互いの好みは知り尽くしている。注文するものはけっきょく決まっているくせにメニューを見るとかならず迷ってしまう大和からすると、いとも簡単に即断即決できる章吾のこんなところが頼もしく感じられ、安心してしまう。

注文を済ますと、章吾が思いだしたように身を乗りだしてきた。

「ところで例のブツは持ってきてくれたか」

芝居じみたひそめた声をだし、周囲に気を配るように視線を走らせる。

「ん、ああ……」

大和はためらいながら鞄《かばん》に手を伸ばした。中から袋をとりだし、章吾に渡す。

「ここで開けるなよ」

「だめだ、我慢できない……っ」

「待て、おまえ……っ」

章吾がまるでなにかの中毒患者のような演技をして袋の中身をとりだす。出てきたのは白いレース編みのタペストリーだ。

「おお、新作……!」

章吾が目を輝かせて、タペストリーを掲げる。

お互いおふざけのノリでやっていたのだが、このときばかりは大和も顔をほのかに赤らめた。

タペストリーは大和の作品である。この趣味のことは章吾にも隠していたのだが、高校二年の夏、不意打ちで家に遊びにこられたときにばれてしまった。

そのときは顔から火が出るほど恥ずかしかった。笑われるだろうと思った。しかし章吾は男のくせにとばかにすることなく、「おまえすげえ」とまっすぐに褒めてくれたのだった。

以来せがまれて、ときどき作品をあげている。

「すごいな、これ。時間かかっただろ」

「まあな」

「大事にする」

「……そうしてくれ。やるのは、おまえだけなんだからな」

「ああ」

この乙女な趣味を知っているのは家族である父親以外には、章吾だけだ。作品をあげるのも章吾だけ。けっこう手間ひまかかるし、完成したものには愛着が湧《わ》く。たとえ誰かに売ってくれと言われても売らないだろう。

そんな大和の気持ちをどの程度理解しているのか知らないが、章吾は大事そうにタペストリーを眺めている。

「しっかし、おまえにこんな趣味があるって知ったら、みんなどう思うかね」

くくく、と笑う男を、大和はじろりと睨《にら》む。

「言うなよ」

「もちろん」

からかうことはあっても、章吾が人に言いふらすことはないのはわかっていた。ばれてから八年が経つが、友人たちにも黙ってくれている。

「女の子だったら自慢できるのになあ。もったいない」

「ただの自己満足なんだから、自慢するもんでもない」

男でも、かわいいタイプだったらまだよかったのだろうが、男前の大和にレース編みは似あわなすぎだ。誰よりも自分自身がそれをわかっている大和に、この趣味を周囲にカミングアウトする勇気はない。

「じゃあ誰も褒めてくれないぶん、おれが褒めてやろう」

章吾が掬《すく》いあげるような目つきで覗《のぞ》き込んでくる。その拍子に彼の明るめの長い髪が軽く広がり、輪郭を華やかに縁どる。

まるでホストかモデルのような見かけだが、この男はこれで研究職だというのだから驚きだ。からかうつもり以外の意図はないはずのそのまなざしはやたらと色っぽくて、大和の心臓をきゅんとさせる。

罪作りな男である。この色気はもはや人類の能力を超越していると大和は思う。ああ、これは本当に妊娠したかもしれないと腹に手を当てた。

「いいって、恥ずかしい。もうしまってくれ」

素晴らしいだのなんだのと大げさな賛辞を送りはじめた章吾から目をそらして、大和はメニュー表で火照《ほて》った顔を扇《あお》いだ。

「よくもまあ、そんな歯の浮くようなお世辞が次から次へと出てくるな。ほんとに、そんなもんいくつももらってどうするんだよ」

「いや、ほんとにすごいと思ってるし。部屋にも飾ってるの知ってるだろう？」

「わかったから、とにかくもう、それはしまってくれ」

早く話を変えたくて、大和は手にしていたメニューを渡した。

章吾の手がメニューを受けとる。その長くて骨ばった指を、大和はひそかに眺めた。今日は手を握ろうと思っていたけれど、来月にまわしていいだろうと思う。なにしろハグされたのだ。そのうえ手を繋ぐ偉業まで達成できてしまったら、興奮のあまり心臓がとまってしまうかもしれない。

やがて酒が運ばれてきて乾杯した。冷えたビールはため息がこぼれるほどうまい。ひと息にジョッキの半分以上を飲み干した。

「やー。思う存分歌ったあとの冷えた酒は最高だなあ」

「だな。俺は重労働のあとだから、とくにそうだ」

「そうだったな。お疲れ様。大仕事だったのか」

「それなりに。だが近場の引越しだったから、まだよかったかな」

「そっか。それにしても」

章吾の視線が大和の肩から腕へと流れる。

「おまえ、筋肉ムキムキって感じでもないのにな。よくやってられるよな」

「重い物を持つったって、あれってコツをつかめば力はさほどいらないからな。ガタイがいい必要はないいんだ。自然に筋骨隆々になると期待したら大間違いだな」

働きはじめて八年になるが、体型は高校時代からさほど変化がない。

「だが体力は必要だぞ。なんだろな。陸上で言ったら短距離のパワーよりも長距離の持久力って感じか」

「なるほどねえ」

章吾の視線が大和の胸元からシャツの襟の辺りをさまよう。肉付きを見られているのだろうが、たいした意味もないはずのその視線に緊張してしまう。まるで視姦《しかん》されているようだ、などと思いついたらもうだめだ。妄想力がフルスロットルで火を噴いた。

――ああ、だめ、だめだよ章吾。いいじゃないか大和、ちょっとその胸元を見るだけだよ――とか。

普段禁欲生活をしているせいか、ありえない展開を妄想してしまう。いやほんとにありえないよな、とたったいま想像してしまったことを必死に打ち消していると、大和の内心など気づかぬふうに、章吾がそうそう、と言葉を継ぐ。

「おれ、引越し考えてるんだけど、近々頼めるか」

「なに。転勤か」

「いや。昇給したから、もうちょっと広いところに移ろうかなあと。友だちとしてじゃなくて、田村引越し屋に仕事で依頼な」

「いいけど。うちの会社使わなくても、俺とふたりで運べるんじゃないか？」

「んー。でも横着者だから、お任せパックで楽したい。大学時代にふたりでやったけどさ、けっこうきつかっただろ。あのときよりいまは荷物が増えてるし、給料ももらってるんだし」

　そんな言いわけをしているが、章吾が大和の立場に気を遣って仕事を依頼してくれているのはわかった。強引なところはあっても相手が嫌がることはけっしてしないし、負担をかけないようにさりげなく気配りしてくれる。こういうところがやっぱり好きだなあと、たわいのない会話の最中でも大和の胸はときめいてしまう。

　仕事としての依頼ならばきちんと見積もりをとりに後日訪問するということで、話がまとまった。そのあとも、なんとなく話の流れで引越しの話題が続く。

「引越し屋ってさ、人んちの家庭の事情とかわかるだろう。うっかりやばい秘密を知っちゃって気まずい思いをすることってあったりするわけ？」

「ある。でも信用に関わるから、たとえおまえでも教えられない」

「じゃあ、依頼主に誘われて、おいしい思いをしたりとかは？」

　ここにくる前に誘われたばかりだ。顔には出なかったが、一瞬言葉に詰まったせいで、章吾が食いついてきた。

「あるんだ。そりゃ大和ならあるか。女？」

「女って、そりゃそうだろ」

「なんで。男の場合だってあるだろう」

「なに言ってる。俺みたいな男を抱きたがるやつがいるか」

「そりゃ……」

章吾はいったん言葉を切り、グラスに手を伸ばす。

「……いるかもしれないだろ。世の中おまえが思ってるよりゲイは多いぞ。抱かれたいって思うやつもいるだろうし」

「……ああ、そうか」

常々章吾に抱かれたいなどと邪《よこしま》なことを考えているせいで、逆の発想がなかった。だが言われてみれば、自分の見た目は男前なのだ。抱きたいと思う男はいなくても、抱かれたいと思う男はいるかもしれない。

「で？　その女とは？」

「べつに。誘われても断るに決まってるだろ。相手は客だぞ」

「へえ」

章吾が酒を飲み、含みのあるような目つきをした。その長いまつげが目元に影を落とし、普段以上の色気を醸しだす。それを目《ま》の当たりにした大和はどきどきしている内心をごまかすように顔をしかめてみせた。

「へえって、なんだよ」

「いや……。大和はさ、まだ彼女を作る気にならないのかなあと思ってさ」

「恋人ってのは、好きになったらできるもので、作ろうとして作るもんじゃないだろ」

「そうだけどさ。欲求不満とかにならないわけ」

「そういう捌《は》け口だったら、彼女じゃなくたっていいだろ」

章吾が口の端に薄い笑いを刻んだ。

「そうだよな。……風俗とか、最近も行ってるのか」

大和は押し黙った。

風俗なんていちども行ったことはない。だが章吾には風俗通いをしていると思われている。かなり昔の話だが、酔った章吾に「性欲はないのか」などとしつこく絡まれ、つい売り言葉に買い言葉で「風俗でじゅうぶんだろ」と答えてしまったことがあったためだ。それ以来誤解されていた。

大和にも男のプライドというものがあり、いまさら、じつは童貞ですとも言いだせず今日に至っている。

「そうだよなあ。風俗だったら気ぃ遣わなくていいし、したくなったら即行で目的を達成できるしな。彼女だと、風俗以上に金はかかるわ、気は遣うわ、したいときにできんわ、面倒臭すぎるもんな」

まだ肯定も否定もしていないのに、章吾は勝手に決めつけて納得している。大和はそれを訂正せず、黙って聞き流した。

肯定しているようなものである。

下手に訂正して、もし好きな人がいるとばれたら白状するまで問い詰められそうだ。それは非常に困る。それならば誤解されているほうがいいとの判断だ。

「臆病者《おくびょうもの》のおれは風俗なんて行けないけどなあ」

「なにが臆病者だよ」

「臆病だよ、おれは。自分でも情けないぐらい」

ふいに章吾がどこか寂しげな微笑を見せた。自嘲《じちょう》するような笑いだ。しかしすぐに明るい顔になる。

「でも興味はあるんだよな。どんなもんだか、社会見学ってことでいちど行ってみたいような気もする」

風俗の話など大和もわからない。訊《き》かれる前に慌てて相手に話をふる。

「章吾は行く必要ないだろ。彼氏がいるんだろうし」

「いないよ」

「うそつけ。十六歳からひっきりなしのくせに。知ってるんだぞ」

自ら口にした言葉が胸にこたえた。せっかく久々に会えて幸せだった気分に自ら水を差してしまったようで、ちくりと突き刺さった苦い思いを、大和はビールもろとも胃に流し込む。

『彼氏』というとおり、章吾はゲイだ。そのことは高校一年のときにはすでに知っていた。章吾に隠す気はまるでなく、おおっぴらにしていたから誰もが知っていたことである。

ただ、友人がゲイでも気にしないと口では言っても、やはり具体的な話となると敬遠する者は多い。その辺りのノンケの心情は章吾もわきまえていて、オープンにしながらも積極的に自分の恋人の話をしたり紹介したりしなかった。

彼氏の有無について、大和が訊くとかならず「いない」という返事が返ってくる。章吾は大和にはいつでも、いないと言う。

しかし本当は、常に誰かしらつきあっている相手がいるのは知っている。それもかなり頻繁にとっかえひっかえしていて、三ヶ月以上続いたことがないというのも知っている。

大和には言わないが、章吾はほかの友人にはたまに話したりするのだ。高校時代は章吾の相手のほうが喋《しゃべ》って、校内に噂《うわさ》が広まったこともあった。社会人となったいまではそんな情報もあまり入ってこなくなったが、共通の友人は複数いるのだし、そういう話は嫌でも耳に入ってきていた。

大和自身、章吾がかわいい容姿の子と歩いているのを見かけたことがある。高校の校内で、やたらと親密な雰囲気でくっついている現場を目撃したこともあった。

章吾が親友である自分にオープンに話そうとしないのは、自分がノンケだと思われていることに加えて、恋愛に無関心なそぶりをしているせいだろうと思う。本当は頭の中は恋愛妄想でいっぱいなのだが、章吾はそんなことは知らない。

「ほんとにいないんだ。えー、なんだ、その、いわゆる軽いつきあいの子もいまはいない。

完全にフリーだ」

三ヶ月以上続いたことがないとか頻繁に恋人を替えているとかいう乱れた恋愛事情を大和がつかんでいることは、章吾も知っている。その上で、いないと言う。章吾の言う『軽いつきあい』というのがどういったものか、尋ねても濁されてしまってよくわからないのだが、こういう言い方をするときは本当にいないのだ。

現在恋人がいないと知り、現金な大和の心はにわかに浮上する。

「そ、そうか」

いまは、本当にいないのか……。

恋人がいなくても、自分が新たな恋人になれることはないと知っている。章吾はかわいいタイプが好みで、自分のような男前は恋愛対象外だ。自分は親友のポジションにしかなれない。だがそれでも、章吾が誰のものでもないのだと思うと嬉《うれ》しかった。うっかりにやつきそうになり、慌てて口元を引き締める。

「そういえば、章吾の軽いつきあいって言い方はたまに聞くけど、重いつきあいって聞かないな」

「そうだったかな」

ふと気づいて口にしてみたが、章吾には軽く笑って受け流された。

「ま、おれも大和も、お互い恋人がいたら、こうしてつるんでなんかいないってことかな」

章吾がスライスされたアワビの酒蒸しを唇に持っていく。大きくてぷりっと張りのあるアワビだ。身から汁が垂れそうになり、薄い唇から舌を覗かせて、乳白色のやわらかな身を口に迎え入れる。

アワビを食べる男の仕草は性的なものを感じさせて、大和はさりげなく目をそらした。いっしょに注文したアスパラのイベリコ豚巻きへ箸《はし》を伸ばす。

「でもさあ大和。ときどき思うんだけどさ、おまえってそんなに男前なのに恋人ができなくて風俗通いって、なにか問題があると思うんだよな」

「問題？」

「じつは女じゃなくて男相手のほうが適性があるとか」

いきなり核心をつかれて、大和は口にしたアスパラを噴きだしそうになった。

「な、なにを言いだすんだ」

「今度いちどさ、風俗行かずに、おれで試してみたらどうだ。意外な道が開けるかもしれないぜ」

「は……」

絶句した大和だったが、章吾のおどけた表情を目にして冗談を言われているのだとすぐに気づき、肩を震わせて笑ってみせた。

「ばか。おまえが相手じゃ無理だって」

「そんなの、やってみなきゃわかんないだろ」

「わかるって」

「大和はおれのテクニックを知らないからな。いちど体験したら、そんなことは言えなくなるかも」

「たとえテクニックがあったとしてもだな、男じゃ無理だって言ってるんだ」

「やってるあいだは目を瞑《つむ》っていればいい。おなじ男だからな、風俗嬢よりきっとうまいぞ」

断ってもなおも言い募られる。もしここでうんと言ったら、抱いてくれるのだろうか。そんな誘惑と期待に駆られるが、惑わされてはいけない。これは決して本気ではないのだ。ノンケの友人に章吾がわざと言うセリフで、過去にもなんどか耳にしている。もちろん相手は大和だけでなく、ほかの友人にも言っている。

定番の掛けあいで、この場合、拒否の言葉を返すのが正しい解答。

だから、真に受けるな。

真に受けた瞬間、きっとこの関係は終わる。

恋人の座は期待していない。だがこれからもそばにいたいのだ。そのためには、恋心に気づかれるわけにはいかない。

だから嫌がってみせないと。

「本当か？　じゃあ今度……なんてなるか、ばか。俺をそっちの道に引き込むな」

「そんなに嫌がらなくてもいいと思うんだけどなあ」

「ふつう嫌がるだろ」

大和の嫌がる様子を見て、章吾がけらけらと上機嫌で笑った。

「そうかもなあ」

きわどい応酬に、心臓は激しく暴れている。だが表面はいつものポーカーフェイス。気持ちは鉄の箱に押し込まれ、緩むことのない紐《ひも》でがんじがらめに梱包し、封印してある。

「ああ。おまえと抱きあうなんて、冗談きついって」

――表情に出ないたちでよかった……。

駄目押しのひと言を吐いてから渇いたのどにビールを流し込むと、強い苦味をのどの奥で感じた。胸の奥に潜む苦い思いも、酒の苦味だと思い込んで流していった。

二

仕事を終えた午後三時、シャワーを浴びに脱衣所へ行くと、正面にある洗面台の鏡に己の顔が映った。

奥二重の切れ長の目。凜々しいという表現がぴったりな、いかにも和風の男っぽい顔立ち。いかつくはない。けれどかわいいというにはほど遠い。

整った顔をしていると言われることもままあるが、気休めにもならない。大和はため息をついて鏡の中の自分と目をあわせた。

笑えば多少はかわいく映るだろうか。

鏡にむかってにこりと笑ってみた。しかしちっともかわいくない。ぎこちなく頰が引き攣《つ》り、男臭いニヒルな笑いになった。

「……なにやってんだ俺」

虚《むな》しい気分になっただけだった。

今日はこれから、引越しの打ちあわせのために章吾と会うことになっている。笑顔の練習なんて見苦しいことをしてしまったのは、そのことが胸にあったせいだろう。

章吾が選ぶ恋人は、かならず小柄でかわいいタイプばかりなのだと、自分自身や友人からの目撃情報で知り得ている。

女装してもまったく問題ないような、かわいいタイプだ。

自分のように大柄で男前な顔つきはどう考えても章吾の好みではない。好みだったらこの十年のうちにいちどぐらいは告白されていたっていいはずだ。しかしそんなことはないから、自分は恋愛対象外なのである。笑顔の練習なんかしたって無駄だ。

わかっている。もう諦めている。

三ヶ月と続かず別れる恋人よりも、自分のほうがよっぽど章吾に近い場所にいる。そう自分を慰めるようになって、もう何年になるだろう。

けれどやっぱり恋人という特別な地位には憧れてしまう。

「……かわいくなれたらな……」

高校生の頃は毎日そんなことばかり思っていた。

それまでは容姿などなんとも思っていなかったのだが、章吾が好きだと自覚してからは男前と言われる自分の顔立ちが好きではなくなった。

どうしてもっとかわいく生まれついてこなかったのだろう。顔立ちはもちろんのこと、体型も、もっと小柄で華奢《きゃしゃ》な身体にならなかったのだろうと思い、しかしその理由は祖父の遺影や親を見れば一目瞭然《いちもくりょうぜん》で、先祖の遺伝子を恨めしく思ったりもした。

かわいくなろうと努力したくても女の子のように髪型や化粧で印象を変えることもできない。仕草や言葉遣いなどをかわいくしようとしても、男臭い顔の自分では気持ちが悪いだけだ。

幼なじみの直哉《なおや》などは理想の典型で、そのかわいさを武器に恋愛を楽しんでいる姿を垣間見ては羨《うらや》ましく思ったものだ。章吾の恋人と思《おぼ》しきかわいらしい子にも、羨望のまなざしを送っていた。

けれどもう二十六。章吾とのつきあいも十年になり、さすがにこの親友という立場を受け入れて、ささやかな接触だけを日々の楽しみとして過ごしている——つもりだったのだが、先日章吾がフリーだと聞いてから落ち着かない気持ちになってしまった。

——大和、おまえってこうして見るとおれの好みのタイプじゃないか。どうしていままで気づかなかったんだろう。どうかおれとつきあってくれっ——……なあんて展開になったりはしないだろうかと妄想してしまう。

「……ないな」

ならば……。

——大和、おまえって、いままではタイプじゃなかったけど、おれも歳《とし》をとったら趣味が変わってきたのかな。なんだかおまえとつきあいたい気分になってきた——という展開ならあるだろうか……。

「可能性としては、ありえ……。ないない」

ありえないと否定する。その次にはまたすぐに妄想し、期待して、ふたたび打ち消す。それをなんどもくり返していたらさすがに疲れてきた。

がくりと肩を落とし、鏡から目をそむけて服を脱ぎはじめた。

シャワーを浴びるといくぶん気分がすっきりして、着替えを済ますと事務所のほうへむかった。

田村引越し店の事務所は自宅一階の前半分で、大通りに面した部分が店舗になっている。事務所へ通じる扉を開けると、先ほどまでいっしょに仕事をした面々が揃《そろ》っていた。

「お。バッチリ決めてきたな。デートか。合コンか」

三十代の社員、北川《きたがわ》が事務椅子《いす》の背もたれにだらりと寄りかかって、からかうような声をかけてきた。四十手前ながら白髪が混じりはじめている彼は、大和が子供の頃から勤めているベテランである。そのとなりでは入社二年目、もうじきはたちになる翼《つばさ》がアイスを食べようとしていた口を閉ざし、無言でみつめてきた。

「バッチリって、どこがです。いつもと変わらないでしょう」

そう答えながらも、仕事のときとは微妙に異なっている自覚はあった。カジュアルな長袖《ながそで》シャツに下はジーンズ。服装は変哲のないものだが、普段は手を加えない直毛の黒髪を、いまは整髪剤で軽く整えている。

「そうか？　雰囲気が違う気がしたけど」

北川は大和の変化を漠然と感じたものの、具体的にどこが変わったのかわかっていなかったようだ。さほど興味を抱いているわけでもないようで、あっさりと納得する。

「ま、言われてみりゃ、いつもそんなもんか」

「……髪が、違うんすよ。北川さん」

翼がぼそぼそとした声で指摘した。翼はあまり喋らないたちだが、その代わりまわりのことをよく見ている。

「あ〜、そうか。本当だ」

ふたりの視線に晒《さら》されて、内心を見透かされそうな心地になった大和はいたたまれずに足を速めた。

「デートだったらよかったんですけどね。残念ながら仕事で見積もりに行くんです」

「照れなくたっていいんだぜ。俺たちに隠すなんて水臭えなあ」

「違いますって。行ってきます」

「あ、そうだ。待って大和」

表へ出ようとすると、部屋の隅から声がかかった。パソコンで事務仕事をしていた直哉である。

直哉は大和よりひとつ年下の近所の幼なじみで、作業員ではなく事務員として勤めている。田村引越し店社員は経営者である父と大和とこの三名で、手が足りないときはほかにバイトを雇っている。実質の戦力は大和と北川と翼の三名のみの、弱小引越し屋である。

アットホームな職場と言えば聞こえはいいが、要するに小規模経営ということだ。常にぎりぎりの経営状況にあるお陰で社員一同は運命共同体のような連帯感がある。

みんながどう思っているのか知らないが、母は他界して兄弟もおらず、高校の頃から働いている大和にとって、社員たちが家族みたいなものだった。

ちなみに父は大和が高三のときに腰を痛めてしまい、以来営業や事務しかできないため日中は外まわりに出かけていて不在のことが多く、いまもいない。

「なんだ」

「ぼくも行くよ」

直哉はパソコンの電源を落とすと、書類を鞄に詰め込みはじめた。

「なんで直哉がくるんだ。俺ひとりで問題ないぞ」

「だめだめ。お客さんって友だちなんでしょ？　安く請け負うかもしれないから監視役としてついていけって社長に言われてるんだから」

「相手はひとり暮らしの若い独身男だぞ。ごまかしもきかない最安値になるのは見なくてもわかるだろ」

「でも業務命令なんだもん。ぼくも仕事なんだよ。さ、行こう」

「こなくていいって」

同伴をなおも拒否し続けると、手早く支度を済ませた直哉が疑惑のまなざしをむけてきた。

「あれ？　やけに嫌がるんだね。あやしいなあ」

「友だちだって言っただろ。見積もりだしたあと、飲みに行ったりするかもしれないし」

「そのときはぼくは先に帰るよ。それで問題ないでしょ」

「……問題はないが……」

ついてこられるのは嫌だったが、理由を口にだせなかった。

「友だちだとサービスしたくなる気持ちはわかるよ。べつにね、安く請け負ってくれてもいいんだよ。ただしその場合、大和の給料から天引きすることになるんだよ。ドンブリ勘定で給料減らされたら嫌でしょ。だからちゃんと確認するんだよ」

「うちはいつからそんな厳しい会社になったんだ」

「大和のためだよ」

「でもな。いま、営業車は親父が使ってるだろ。となるとふたりで電車を使ったら経費もかかるしな」

「連れて行きゃいいじゃねーか大和。交通費渋ってるなら、俺の車貸してやるぞ」

苦し紛れな言いわけをしていたら、北川が直哉に加勢してきた。

「なあ大和。相手は本当に独身男か？　やっぱり女なんじゃないのか。だから直哉が邪魔なんだろ？」

にやにやとからかうように言いながら、北川が車の鍵《かぎ》を直哉に手渡す。

「直哉、大和が落とそうとしている女がどんなだか、見てきてくれ」

「了解〜」

「だから違いますってば」

「ほら、時間がもったいないよ大和」

けっきょく押しきられる形でふたりで外へ出た。事務所のとなりに倉庫があり、その前の駐車スペースにトラックが二台と北川の車が駐車してある。

「鍵貸してくれ。運転する」

直哉の運転は危なっかしくて任せられない。鍵を受けとると、北川のセダン車に梱包用のダンボールを詰め込んで出発した。

フロントガラス越しの春の陽射しは日毎《ひごと》強さを増していて、街路樹の新緑を芽吹かせている。しかし風はまだ肌寒い。せっかく咲いた桜の花を根こそぎ攫《さら》っていきそうな強さで吹きあげていた。

「その友だち、ええと、名前なんだっけ」

助手席にすわる直哉が尋ねてくる。

「柏井章吾」

「柏井さんね。荷造りもお任せパックとか使いそう？」

「使いたいって言ってたな」

「だったら、ぼくも手伝うようになるかな」

「いや。本人が言うほど荷物はなさそうだし、俺と翼でじゅうぶんだと思う」

「そっか」

直哉は事務員だが、手が足りないときはときどき駆りだされることがある。今回はその心配はなさそうだとほっとしたように言う横顔を、大和は一瞥《いちべつ》した。

二重のぱっちりした目が愛嬌のある、かわいい顔をしている。身体も小柄。

章吾の好みのタイプだ。

そう思ったら内臓をじわじわと虫に食《は》まれているような痛みに近い感情を感じ、眉をひそめた。

それはとてもひと言では言い表せない、複雑でなじみのある感情だった。

高校を卒業してからは章吾とはふたりきりで会うことばかりで、ほかの者をまじえて会う機会はあまりなかったため、こんな思いになることは減っていたが、高校時代はかわいい子が近づくたびに複雑な感情が湧き起こって胸が絞られていた。

いつからこんなふうに思うようになったのだったか。

章吾との出会いは高校入学初日、クラスメイトとなった彼に声をかけられたのがきっかけだった。「名前、大和って言うんだ？　かっこいいな」と軽い調子で名を褒められた。彼のきらきらした笑顔に目を奪われ、一瞬言葉に詰まったのを覚えている。

大和という名は戦艦大和ファンの祖父と宇宙戦艦ヤマトファンの父によってつけられた名で、当時の自分はダサい名前だと思っていたから、同世代の者にその名を肯定されたのが意外なほど嬉しかったのも、よく覚えている。

恋心を自覚したのはしばらくたってからだが、たぶんそのときには恋に落ちていたのだと思う。

くるくる変わる表情にいつも引き込まれていた。大胆な言動に巻き込まれ、しかしそれがちっとも迷惑じゃなくて、楽しく感じられた。ゲイなんだとカミングアウトされて、驚きとともに胸がざわめいたのを覚えている。それから妙に意識してしまって、ふざけて肩を組まれただけでもどきどきするようになったり、気づいたら章吾の姿ばかり目で追いかけている自分に、どこかおかしくなったのだろうかと思っていた。やがて彼にはかわいい恋人がいることを友だちから聞き、恋をしていたのだと気づいた。同時に失恋したことにも気づいて、泣いた。

晩熟で、初恋だった。

数ヶ月後に恋人と別れたと聞いたときには、ふりむいてもらえぬものかと思ったりもした。

でも鏡を見るたびに、これじゃ……と肩を落とした。

男同士という最難関はクリアしているのに、恋愛対象にはならない自分が悲しかった。

顔つきが男っぽくてもせめて小柄ならばと思うのだが、身長はぐんぐん伸びて、どうにかとまってくれないものかと食事を我慢したこともあったが、希望に反して伸び続け、章吾とぴったりいっしょの百七十八センチになってしまった。

小柄でかわいい子が好きな章吾がふりむいてくれる要素はかけらもなく、どれほど想ったところで届くことはない。章吾が自分に求めているのは恋人ではなく親友という立場なのだと言い聞かせ、恋心はひた隠しにしてきた。

せめてあと三センチ背が低ければ。

あとすこし目が大きければ。

笑顔がかわいければ。

告白する勇気が湧いただろうか。

章吾が新しい恋人とつきあいはじめたという噂を耳にするたびに傷つき、別れたと聞くたびに可能性に期待し、笑いかけられるたびにときめいて。

そればかりをくり返した十年だった。

元々感情が表に出にくいのと用心深い性質が幸いして、いまだに章吾には想いを気取られていない。

なんども想いを打ち明けたい衝動に駆られたが、そのたびに自制が働いた。自律心が強いというよりも、人一倍臆病なのだ。

出会いから十年が経ったいまでは、これでよかったのだという思いもある。恋人になったら三ヶ月と経たずに捨てられてしまうが、親友のままならばそばにいられる。休みもなかなかあわないのに、月にいちどは時間を作ってまで会おうとしてくれる。

そばにいられるだけでいい。必要としてもらえるならば、それでいい。欲張ったら終わりだ。

だからもう、諦《あきら》めている。

諦めているのに。

こうしてかわいい子と章吾が接近する場面になると、胸が痛んで目を背けたくなる。

章吾のマンションがある阿佐ヶ谷に着いた。

「この辺なの?」

「ああ。その通りの先のマンション」

近所のコインパーキングに車をとめ、マンションへむかう。徒歩三分ほどで到着し、七階の廊下の突き当りにある家のチャイムを鳴らすと、章吾が出てきた。

「よう」

突如として大和の意識から直哉が消え、視線は章吾だけに注がれる。その華やかで色っぽ

い笑顔の威力たるや、それまでのシリアスな物思いは宇宙の彼方《かなた》へ吹き飛び、頭の中がお花畑になった。

「よ。悪いな——と」

大和ににこやかに笑いかけた章吾が、となりにいる直哉に目をとめた。大和もそこで直哉の存在を思いだした。

直哉は大和と幼なじみだが高校は別だったので、章吾とは初対面である。

「こんにちは。今日はよろしくお願いいたします」

「あ……お願いします。どうぞ」

玄関の中に入ると、直哉がきっちりとお辞儀をし、名刺を差しだす。

「田村引越し店の飯室《いいむろ》といいます」

自己紹介を済ませると、直哉がさっそく見積もりに入った。メジャーを片手に大型家電のサイズを測りはじめる。

「おまえだけがくるのかと思ってた」

「俺もそのつもりだったんだけどな」

直哉の後ろ姿を眺めながら、章吾と並び立つ。目線の高さはいっしょだ。

——追い抜くよりはましかな。

身長がおなじでも対象外だとわかっているのにそんなことを考えてしまう辺り、末期だなあと我ながら思う。

「今日はしっかり仕事モードなんだな。夕飯、いっしょに食べるつもりでいたんだけど」

ふいに、ちょっと残念そうな口ぶりとともに、色気の溢れた流し目を章吾から送られた。

大和の心臓が跳ねあがる。

「え……」

「せっかく大和がうちにくるし、ちょっと準備してたんだけど」

「本当に」

「ああ。ここで大和と過ごすのもこれが最後になりそうだしな。だめか？」

終わったら飲みに行くかもとは直哉に言ったが、それはただの口実で、約束していたわけじゃない。

恋する男にそんなふうに誘われて、断れるわけがないではないか。仕事モードなのは直哉だけで、自分は完全恋愛モードだ。全然問題ない。

「だめなわけない」

「よし」

章吾が嬉しそうな笑顔を浮かべる。その笑顔だけでご飯三杯は軽くいけそうだと大和が幸せを嚙み締めていたとき、直哉が声をかけてきた。

「柏井さん、特別慎重に扱う必要のあるお荷物はありますか。パソコンなどの電子機器はもちろんなんですが、骨董品《こっとうひん》ですとか」

洗濯機の仕様をメモしていた直哉が近づいてきて、章吾を見あげる。直哉は身長が百六十五センチ。大和から見たら理想的な身長だ。

いいなあ、と思わずにはいられない。

「パソコンぐらいですね。あとはこれと言ってとくにないかな……」

「引越しのご希望の日にちや時間帯はありますか」

「そうですね。日にちは年休をとれるので平日でもかまいません。時間は早いほうがいいかな」

大和がぼんやりしているうちに、直哉がひとりで打ち合わせも見積もりもてきぱきとこなしている。章吾に話しかける表情はいつになく生き生きとしていて、ただでさえかわいらしい顔が数倍魅力的に映った。

無表情な自分とは正反対で、素直で表情豊かな直哉。そばにいると、まるで引き立て役になった気分だ。

そんな直哉に章吾のほうも笑顔で応じていた。

――お似合いだな。

そう思ったら、急激に胸の内に薄暗い靄《もや》が湧きだしてきて、体内を埋め尽くすようにもやもやと漂いはじめた。

ものすごく、嫌な予感がした。

しかしその後、章吾と夕食を食べることになり、嬉しさから不安はすぐに忘れてしまった。

直哉も見積もりを終えたら北川の車で速やかに帰っていった。運転はだいじょうぶか心配だったが、無事にたどり着いたという明るいメールが携帯に届き、安心して章吾とふたりきりの時間を過ごした。

だが翌日、嫌な予感は的中した。

朝、事務所で顔をあわせるなり直哉が興奮気味に話しかけてきたのだ。

「びっくりした。昨日のお友だち、すっごくかっこいい人だね」

胸のもやもやがよみがえったが、大和はそれを表にはださずに首をかしげた。

「そうかな」

「大和もかっこいいけどさ、違う華やかさがある人だよね」

「ああ……、まあ、そうかもな」

「ねえ、大和」

机上のスケジュール表に目を通しているふりをして聞き流そうとしたが、直哉はかまわず話し続ける。

「また会いたいんだけど……、機会作ってくれないかな」

「……なんで」

直哉がはにかんで笑い、それからはっきりと言った。

「ひとめ惚《ぼ》れしちゃった」

やっぱりな、と思った。

直哉も男が好きなのである。

単刀直入に、照れもせずに素直に思いを口にできるのが直哉のいいところだと思っているが、今回ばかりはそうも思えなかった。

章吾はちょうどいまフリーだ。そこにかわいい直哉を紹介したら、章吾はどうするだろう。軽く、つきあいはじめてしまうのではないかと思えた。

「大和ってば、昨日はぼくにばっかり仕事させて、突っ立ってただけじゃん。そのお詫《わ》びに機会を設けてくれてもいいんじゃない？」

「直哉が異常に張り切ってたから、俺の出る幕がなかっただけだろ」

「あはは。うん。まあそうなんだけどね。章吾さんがかっこよすぎて張り切っちゃった」

もう章吾さんなんて呼んでいる。

大和はただの友だちなのだから、直哉が章吾のことをどう呼ぼうと口出しできる立場ではないのだが、イラッとしてしまう。

「ねえ、お願い」

直哉の上機嫌が、大和の胸に靄を蓄積させる。直哉の同伴を嫌がったのはふたりきりで章吾に会いたいという気持ちがあったからだが、そればかりではなく、こうなる予感がしていたからでもあった。

「あいつはやめておけ」

感情は抑え、できる限り淡々と言った。

「軽薄な男なんだ。ひと月で捨てられて泣かされるぞ」

こう言えば直哉も思いとどまるかと思ったのだが、予想に反して嬉々《きき》とした声があがった。

「あ、そういう言い方をするってことは、やっぱり章吾さん、男いける口なんだね。そんな感じしたんだあ」

「………………」

しまった。

あいつはノンケだとひと言言えば済んだのに、うっかり諭したせいでさらに乗り気にさせてしまった。

「そんでもってフリーなんでしょ。恋人がいるなら、大和、そう言うもんね」

答えられずスケジュール表を見据えて黙ってしまう。正解だと言っているようなものだ。

「紹介してくれないなら、自分で動こうかな。引越しの依頼書を書いてもらったから、連絡先はわかってるしね」

「高校時代からあいつを知ってる俺が言うんだ。やめとけって」

必要以上に章吾のことを悪く言いたくはないが、ここは引けなかった。幼なじみの直哉と、ずっと想ってきた章吾がつきあうなんて、そんな恐ろしいことは想像すらしたくない。

えーっ、と頬を膨らませる幼なじみの顔を苦々しい思いで一瞥して、大和は仕事にとりかかった。

三

章吾の引越しの日は予報に反してどんよりとした雲に空一面を覆われ、いまにも雨が降りそうな雲行きになった。

気が乗らない。

大和は奥歯が痛むような顔をして空を見あげ、それから息をついた。

大和の憂鬱《ゆううつ》の原因は天候によるものではない。目の前にいる人物のせいである。

「なんでおまえまでくるんだ」

予定では大和と翼のふたりで仕事をするはずだったのに、なぜか直哉がついてきたのだ。

「無給でいいって言ってるんだから、いいでしょ。人手はひとりでも多いほうがいいよねえ翼くん」

話をふられた翼が、なんと答えたものかと大和の顔を窺《うかが》う。

直哉は事務員だが、人手が足りないときは作業に加わってもらうこともあり、素人よりはずっと慣れていてそれなりに戦力になる。しかし、今回の依頼は単身者で手は足りているのである。

ひとりでも多いほうが助かるのは事実なのだが、不機嫌そうな大和と上機嫌な直哉の様子にただならぬ気配を感じたらしい翼は、うかつなことは言えないと困った顔をしていた。

「ったく。勝手にしろ」

無給でもいいとまで言ってついてくる理由は、もちろん章吾に会いたいがためという以外に考えられない。連絡先はわかっているなどと言っていたが、けっきょく仕事で得た情報は活用せず、今日まで待ったようだ。その直哉の気持ちを思うと強く拒絶することもできなかった。

三トントラックを章吾のマンションへ横付けし、台車などをおろしていると、章吾が出てきた。

「おはようございます。今日はよろしくお願いします」

近くにいた翼にあいさつすると、大和のそばに来た。

「よろしく」

「こちらこそ」

薄水色のストライプシャツにチノパンといういでたち。大和たちもそれぞれシャツやTシャツという格好をしている。

「私服なんだ？」

「そう。うちはこういうスタイル」

「揃いの作業着とか着るのかと思ってた」

章吾が前回引越したのは六、七年前になるが、そのとき大和は引越し屋としてではなく友人として手伝ったので、章吾は店のスタイルを知らない。

「作業着にしたほうがいいんだろうけどな。統一感がでて、プロ集団っぽくて客も安心するんだろうけど、うちはあえて素人っぽさを演出してる」

ふつうにやっていたら大手には太刀打《たちう》ちできない昨今、弱小店が生き残る手段として、訳ありの客をターゲットにしているためである。できるだけ周囲に気づかれずに夜中にこっそりお願いしたい。夫が出勤したあとに舅《しゅうと》に見つからないように自分の荷物だけを運びだしてほしい。そんな依頼は意外とあり、目撃した者に引越し業者が特定されない配慮でもある。トラックにも店名を入れていない。

もちろんターゲットはそればかりではなく、最もメインとなっているのは今回のように近距離の単身者であるのだが。

「作業服代をケチってるだけって話もあるけど」

話しながらエレベーターの保護シートをトラックの荷台からおろしていると、直哉が割って入ってきた。

「おはようございますっ」

「あ、先日の……」

「飯室直哉です」

「よろしくお願いします。ていうか、三人も？」

やや驚いた目をむけてくる章吾に、大和は適当に言葉を濁した。

「割増料金はかからないから心配するな」

おまえに惚れて勝手についてきたんだ、などと本当のことを言ったら直哉の恋の援護になってしまうから黙っていたのだが、直哉が自ら口にした。

「章吾さんにまた会いたかったんで、手伝いにきたんです」

はきはきとした口調で、まっすぐ目を見て言う。

「大和が言うとおり、ぼくのぶんの料金は含まれてませんから、安心してください」

「え、しかしそれでは」

「お気遣いなく。はじめましょう」

顔をあわせるのは二回目の業者にいきなりそんなアピールをされたら、大和だったらドン引きする。気遣うなというのだって、気遣えと言っているようなものだ。

明るい笑顔を見せながらエントランスへ入っていく小柄な背中を、大和は驚きながら目で追った。

「すごいな、あいつ……」

しみじみとした感嘆が口から漏れた。

失敗を恐れない屈託のなさに脱帽である。自分にはとてもまねできない。言われた相手は面食らうだろうし、どう受けとるかはべつとして、強く印象に残るはずだ。現に章吾も、驚いた様子で直哉のほうへ視線をむけている。

「大和さん、それ、いいですか」

となりから翼の声がし、手がとまっていたことに気づいた。

「あ、悪い。運ぶ」

ぼんやりしている場合ではなかった。保護シートをおろし、気をとり直して作業にとりかかった。

他人にさわられたくない大事なものは先に荷造りしておくように章吾に伝えてあった。そのためお任せパックではあるが、いくつか荷造りが済んでいた。大和のレース編みも額に入って飾られていたりしたのだが、それも片付いている。

「片付けたのか……」

大事なものは荷造りしておくように言われ、レース編みを片付けた、ということはあれを大事に思ってくれているわけだ。くすぐったいような照れ臭さを感じつつも、嬉しくてひそかに口元を緩めた。

そのほかに冷蔵庫の始末など事前に指示したことも抜かりなくできている。

衣類は手をつけていなかったので、大和はクローゼットから衣服をとりだしてダンボールに詰めていった。章吾が着ていたものだと思うとどきどきしてしまって作業が遅くなってしまいそうだ。さらに引きだしを開けると下着が並んでいて、動揺のあまり手が震えそうになってしまった。

章吾のボクサーパンツ……いやいや、これは仕事、これは仕事、変な妄想をしている場合じゃない……でも、だけど……。

「……鼻血が出そう」

「どうした」

ほかの部屋にいたはずの章吾がいつのまにかそばに来ていてぎょっとする。

「い、いやっ」

手元を覗き込まれ、やましいことなどなにひとつしていないはずなのに、あわあわと挙動不審に陥った。

「あ、ごめん。他人の下着なんかさわりたくないよな。そういうのも事前に自分でやっとくべきだったんだな」

「いや、仕事だから、俺はべつになんともっ」

声がひっくり返りそうだ。いったいどこが『べつになんとも』なんだと内心で己につっこみを入れつつ、大和は慌てて、しかし外面は澄まして荷造りをする。

章吾の荷物は長年愛用していそうなものが多かった。ものを大事にする性格なのは知っている。人づきあいも大事にするほうで、十年親友をしている自分などいい例だ。それなのに、恋人に関してはとっかえひっかえというのがふしぎだ。恋愛だけは飽きっぽいらしい。

あらかた見通しが立つと、荷物を運びはじめた。

「翼、いいか」

「はい」

「せーの、ほい」

重い大型家電は大和と翼がふたり組になって運ぶ。その横で、直哉がダンボールを台車で運びながら章吾になにかと話しかけていた。

「本が多いんですね」

「重いよね、ごめん。こっちの衣類なら軽いから」

「だいじょうぶ。ぼくもこれでも引越し屋だし」

いつのまにかタメ口で話すほどうちとけていて、和気藹々《わきあいあい》とやっている。

章吾のほうもまんざらでもない様子で、聞きたくもないのにときどきふたりの笑い声が聞こえてくる。

ちくちくと、背中を針で突《つつ》かれるような心地がした。高校時代も、かわいい子と章吾が楽しそうに話している姿を見かけるたびに胸が塞《ふさ》がる思いをしたものだった。

「ほんとに本が多いっすね……」

書籍は地味に重く、大物よりも腰にくる。章吾のいないところでぼそぼそと漏らす翼に、大和はちょっと笑いながら頷いた。

「専門書ばっかりでしたね。どんなお仕事をされている方なんすか」

高校の頃からの親友なのだという話は、ここにくるまでに翼にも話してあった。

「BTT社ってところの研究員。吸収剤の開発だとかなんとか……詳しいことは俺もよくわからんけど」

「はあ」

章吾の荷物の大半は書籍で、1LDKのあの部屋の中によくもこれだけ詰め込んでいたなというほどの量であった。

ときどき遊びに行くことはあったから、本が多いのも専門書ばかりなのも知っていたが、たしかに以前引越したときよりも、とんでもなく増えている。

「あいつ、チャラそうだろ」

「……派手な雰囲気はしますね」

「あほなことばっか言うし。でもな、根はまじめなやつなんだよ」

「はあ」

「昔から、軽くなんでもやってのけているふりして、本当はすごく努力家で勤勉なんだよな」

社会のために貢献できる開発をしたいのだと、冗談をまじえながらも話してくれたことがある。確固とした夢と目標を持っていて、そんなところを尊敬していた。

翼相手になにを喋っているのかと思うが、まるで自慢するかのように章吾のことを話した。

「ん？　翼。ちょっとそっちむいて」

まじめに聞いてくれている翼の顔をふと見ると、頬が埃《ほこり》で汚れていた。ひょいと腕を伸ばして手のひらで拭いてやった。

「汚れてた」

なにごとかと驚く青年に笑って答えると、翼の頬がぱっと赤くなった。なぜか動揺したように大和がふれた頬を手で覆っている。

そんな翼の様子に気づかず、大和は章吾のほうへむかう。

「さて。章吾、忘れものはないか、もういちど確認してくれ」

「いや、もうないよ。だいじょうぶ」

荷物を積み終えて最終確認をし、新居へむかった。新しいマンションのある地区は利用路線が変わり、大和の家からの距離も以前よりぐっと近くなった。これからは自転車で通えそうだ。

新居は以前の住まいよりも新しく、広い物件だった。章吾も重いダンボールをひょいと担いで運び入れる。見た目以上に体力がある、そのたくましい姿を大和は惚れ惚れとして目で追ってしまう。

「……っと、仕事仕事」

ずっと見惚れていたいがそうもいかず、作業を続ける。

路上のトラックと部屋とを往復して荷物を部屋へ運び入れて何度目かのとき、たまたまタイミングが重なって章吾とふたりでエレベーターに乗り込んだ。すると。

「は～、つっかれたな～」

いきなり背後からがばっと抱きつかれ、体重をかけられた。

「なっ」

「ちょっと休憩させて」

顔をむけようとしたが、すぐそこに章吾の顔があるのを知り、あまりの近さに固まってしまった。

「ちょ……な、なんでいきなり……お、重いだろっ」

「ちょっとだけ」

「おま……、疲れたなら、部屋で荷解《にほど》きしてろよ。お任せパックなのに、客なのに、なんで疲れるほど荷物運んでるんだよ」

「日頃の運動不足解消だよ」

章吾がははと笑う。

じゃれつかれているだけなのは理解している。だが、不意打ちのスキンシップはパニックしてしまう。ひええっと漫画みたいな叫び声が脳内でこだまする。

こんなの、こんなの、夢みたいなシチュエーションじゃないか……。ふたりっきりの狭いエレベーターの中、背後から抱きしめられるだなんて。こんな体勢で「じつはおまえのことが……」なんて耳元でささやかれたら、もう死んでもいい……っ。

「なあ」

「な、なんだよ」

興奮しすぎて頭がぐるぐるしている大和の耳元で、章吾がのん気な声をだした。

「直哉くんって、幼なじみなんだって？」

その声に、妄想のさすらいから引き戻された。嬉しいハプニングに熱をあげた身体が、冷水をかけられたようにいっきに冷める。

「どんな子？」

「…………」

なぜ。どんなつもりでそんなことを尋ねてくるのか。

訊き返したかったが、怖くて訊けなかった。しかし訊かずとも、なかばわかってしまった。

もう、直哉のことを恋人候補として見ているのかもしれない。たぶんそうだ。でなければ、そんな質問はしてこないと思えた。

まだ決まったわけじゃない。けれど……。

嘆くには早いと言い聞かせ、わずかな希望に縋《すが》りつくが不安は次第に膨れあがっていく。胸の中に諦念《ていねん》のような苦い感情が広がり、目を瞑りたくなったがどうにかこらえて顔をあげ、エレベーターの階数が点滅するモニターを見つめた。

「大和？」

黙っていると、身体が離れていった。顔を覗き込まれそうになり、とっさに普段の自分をとり繕う。

「……直哉は、あのとおりさ。素直で明るくて、いいやつだ」

その評価にうそはないが、いつもよりも硬い声になってしまったかもしれない。咳払いをしてごまかして、到着した階に降りた。

男四人がかりだからあっというまに運び込み、予定より早く作業を終えた。

「お疲れさまでした。助かったよ」

「なにか問題があったら連絡してくれ」

「ああ。またな」

あいさつしてから章吾から離れ、持参してきた荷物を片付ける。翼が助手席に乗り込んだのを見て、そういえば直哉はどこだと見まわすと、エントランスで章吾と直哉が頭を寄せあって携帯をいじっている姿を目にした。番号を教えあっているのは一目瞭然だった。ただ友だちになっただけだろうと思うのは、無理だった。すくなくとも直哉のほうははっきりと惚れたと言っていたのだから、その気で積極的にアプローチするだろう。

直哉は外見がかわいいだけでなく、性格もいいやつだ。章吾もきっと気に入るだろうと思える。

くっつくのは、時間の問題かもしれない。

無意識にやりきれないため息がこぼれる。それまでの幸せな妄想が、すべて夢となって消えていく。

——やめておけばいいのに。

そう思うのは、章吾の飽きっぽさを知っているから、直哉を心配する気持ちが半分。あとの半分は、嫉妬《しっと》だ。

うまくいかなければいいと願ってしまう自分の心の醜さが嫌で、もういちど、深いため息をついて逃げるように目をそむけた。

「やーまとー。ご飯だよー」

直哉の声が昼を告げた。二階の自室から事務所へ行くと、直哉が急須《きゅうす》でお茶を淹《い》れてくれていた。机の上には弁当が三つある。大和と直哉と父のぶんだ。

「今日はハンバーグ弁当か」

事務所は店の入り口側に商談用スペースがあり、奥に事務机が四つかたまっている。弁当をひとつ手にとり、空いている事務椅子にすわると、直哉が笑顔で湯飲みを差しだした。

「うん。よかったね。それ大和好きだもんね。はい、お茶」

「サンキュ」

斜めむかいにある直哉の家が弁当屋を営んでおり、昼食は毎日持ってきてもらっている。大和は今日は非番なのだが、大和親子のぶんは仕事が休みの日でも持ってきてもらっている。昼間出かけていて食べないときは夕食となり、重宝している。

翼と北川は今日は遠方へ行っており、夕方まで戻ってこない。父は戻ってくるかわからないので、先にふたりで食べはじめた。

「お、来月のシフト表か」

となりの机にできたてのシフト表が置かれているのが目に入り、手を伸ばす。

「うん。いちおうね。都合悪いところあったら言ってね。いまならまだ間にあうよ」

社員の勤務は基本的に直哉が調整している。大和は箸を動かしながら、視線はシフト表へ落とした。

「大和知ってる？　一昨日ね、三上《みかみ》さんところの柴犬のアイが子犬を産んだんだよ」
「へえ」
「三匹でね、めっちゃかわいいんだよ。誰か飼えないかって、里親探ししててね、一匹飼いたいけどうちは無理だし――」

直哉は見たこと聞いたこと、考えたこと全部を吐きださないと気が済まないたちで、相手が興味あろうがなかろうが関係なく、たわいもない雑談を延々とくり広げる。妹と姉と母親と祖母に囲まれて育ったせいなのか、元々生まれ持ったものなのかは知らないが、直哉の家では会話が途切れることはないという。実際家に行くと、誰かしらがかしましく喋っている。父とふたりきりだと会話をすることのほうがめずらしい大和の家とはえらい違いだ。

よく言えば裏表のない性格と言えるのかもしれないが、隠しごとができないため、口が軽くてうかつに内緒話はできない。

「あ、そだ」

大和のむかいの席にすわった直哉が思いだしたように手にとった箸を置き、携帯をとりだした。そしてすばやくメールを打ち終えると、ふにゃりと顔を崩した。

「あのねえ、大和。聞いて」
「なんだ」
「やめとけって大和には言われたけど……、ぼく、章吾とつきあうことになったんだ」

ハンバーグを挟もうとしていた大和の箸先が、動きをとめた。

「……へえ」

「はじめは軽くお試しからって感じで。昨日デートしたんだけどね。もーかっこいいんだよー。かわいいとか言ってもらっちゃったし」

直哉がえへへと幸せそうに笑う。子犬の話題とおなじ軽さで、いっしょに映画を観たとかどこそこに食事に行ってなにを食べたとか、ぺらぺらと喋り続けてとまらない。

大和はのろのろと手の動きを再開させたが、顔はあげられなかった。適当に相づちを打ちながら、シフト表に視線を注ぐ。自分の勤務を確認しているふりをしながら、その内容はまったく頭に入ってこなかったけれども。

表情に出なくてよかったと、こんなときは本当に思う。

「それからエッチも上手なんだよ。これまでつきあってきた人の中で一番かも」

「……え……」

大和は顔をあげた。

「ん、なに」

「はじめはお試しって……いま、言わなかったか」

「うん。言ったけど？」

「だが……」

「ああ、エッチ？　したよ。身体の相性も試してみないと、わからないでしょ」

章吾が引越したのは先週のことで、出会ってからまだ数日しか経過していないのに、もうそんな関係になっているのか。

ふたりがつきあうことになるだろうとは、なんとなく予感していた。子供ではないのだから驚くようなことでもない。けれど。

理性では理解していても、みぞおちを殴られたような重い痛みを受けた。

「すごくよかったんだ。エッチの相性もいいみたい。それでね——」

章吾がどんなふうに抱くかなんてことまで聞かされて、苦痛でたまらなかった。嫌でもふたりが抱きあう姿を想像してしまう。やめろ、という言葉が口から出かかる。

「大和？」

散々喋り終えてから大和の様子がおかしいことにようやく気づいた直哉が首をかしげた。

大和はひそやかに息を吸い込んで、波立つ気持ちを押さえ込もうとしたが、うまくいかなかった。

「……おまえさ」

とぼけるのは無理だと悟り、引きつった笑みを浮かべて顔をあげる。

「もうちょっと気を遣ってくれないか。親友と幼なじみの濡《ぬ》れ場を報告される身にもなってくれよ。相手が全然知らないやつだったらまだ聞けるけどさ、おまえも章吾も俺にとっては身内みたいなもんなんだぞ」

　直哉が破顔して頭をかいた。

「ごめんごめん。そっか。つい、いつもの調子で」

　大和の本心には気づかぬ様子で、直哉はぱくぱくと弁当を食べている。どうにかごまかせたと胸を撫《な》でおろしたとき、直哉の携帯が鳴った。

「あ。章吾からだ……むこうもお昼だって。えへへ。ハートマークつけちゃお」

　高校を卒業してからは章吾の恋人と顔をあわせることはなかったし、高校時代でも恋人らしき影はちらついていたものの、大和との共通の友だちが章吾の恋人になったことはなかった。だから章吾の恋人とじかに話をするのはこれが初めての経験かもしれない。

　しかも相手は気心の知れた幼なじみであり、仕事仲間だ。

　目の前の小柄な姿を見ていると、どんなふうに抱かれたのだろうなどと、想像したくもないのにリアルな映像が頭に浮かんでしまって、たまらなくなった。

　知らない相手だったらまだしも、よく知っている直哉では生々しすぎて気分が悪くなった。

　これまでのようにのん気な妄想などできない。恋人がいるのかはっきりしなかった時期は、ちょっと身体がふれただけで幸せな気分になれたが、それももう無理だろう。

　無邪気な直哉に罪はない。わかっている。

　けれど、平然と食事を続けていられる理性を大和は持ちあわせていなかった。

食欲はとうに失せている。大和は弁当の蓋《ふた》を閉じて立ちあがった。

「あれ、どうしたの」

「用事を思いだした」

直哉がきょとんと丸くした目を大和の弁当にむけ、それから見あげてくる。

「なに、もしかしてお弁当、まずかったわけじゃないよね」

大和が好物のハンバーグ弁当を平らげずに突然出かけるなどと言いだしたのは、調理に問題があったせいだろうか、そして遠慮からそれを言いだせずにいるせいかと、弁当屋の息子は見当違いの心配をしているらしい。

「そうじゃない。ちょっと出かけてくる。これは帰ってきてから食べる」

「ふうん?」

章吾はもうフリーじゃないのだ。直哉のものになったのだ。だからきっぱり諦めなくては。

「店番よろしくな」

弁当はハンバーグを細切れにしただけで、けっきょくひと口も手をつけられなかった。


見慣れない大きなベッドにむかいあってすわり込んでいた。

男の手が大和の服の中に忍び込んでくる。

長い指は弱い場所を探るように身体中をふれてくる。しかしいい場所にはなかなかふれてくれない。

じれったくなった大和は自らシャツを脱いだ。男の見ている前で、ズボンも下着も脱いで全裸になって横になる。

見おろしてくる男は章吾だ。裸なんて誰にも見せたくないが、章吾なら見せてもいいと思った。欲望に満ちたまなざしで見おろされることが、たまらなく嬉しく思えた。

抱きあって繋がりたかったのだが、相手に促されて四《よ》つん這《ば》いの姿勢になった。すぐさま、うしろからたくましいものが入ってくる。

なんども激しく突かれ、大和はまるで女のように高い声で喘《あえ》いだ。章吾とひとつになれたことが嬉しくて、声を我慢する気も起こらなかった。

腰がずっしりと重い。快感が徐々に満ちてきて、ゆらゆらと腰が揺れる。

激しい行為なのに、それはぬるま湯に浸っているような気持ちよさで、もっと明確な快感がほしかった。

繋がっている。そのはずなのに、水槽の中の魚の交尾のようにどこかよそよそしく、ふれあっている実感が伴わない。

もっと。もっと。

――章吾。章吾。

自分を抱く男の名を呼びながら高みを目指す。自分を抱いている相手は章吾だという、その事実を胸に刻みたくて、なんども名を呼んだ。体位が変わり、抱きあうように繋がってキスをかわす。ふれあうだけのキスも、舌を絡ませるような深いキスもして、息を乱す。

嬉しくて、幸福な気分だった。

しかしいくら名を呼んでも、なんども貫かれても、快感は生ぬるい。うしろの刺激だけでは足りなくて、前へ手を伸ばして己の中心を手でさする。もどかしく感じながら腰を揺らしているうちに、どうにか気持ちよさが増してきた。これなら達《い》けそうだとほっとして、欲望に従って耐えることなく快楽を解き放つ。

「――っ」

そこで目が覚めた。

「……あ……？」

視界に映るのは見慣れた天井。自分の部屋だ。カーテンのすきまからこぼれる朝の光は平和そのもので、そばに章吾の姿はない。寝起きで頭はぼんやりしていたが、抱かれた夢を見ただけだったのだとすぐに理解した。

昨日直哉から章吾に抱かれたという話を聞かされたせいで、夢に見てしまったのだろう。話を聞いて、自分も抱かれたいと思ってしまったせいだ。

恋愛に関して夢見る乙女のように崇高かつ純粋な気持ちを抱いている大和であったが、男に生まれた定めで、肉体的欲望ももちろんある。章吾と恋愛関係になれるならプラトニックでも全然かまわないが、やっぱりできることなら抱かれたい。直哉の話を聞いたら、そんな欲望がこれまで以上に明確になってしまった。その結果がこれだ。

もういい加減、諦めているはずなのに。

フリーだと聞いて、かすかな希望を抱いてしまったのは事実だ。だが直哉とつきあいはじめたのだから、望みはきっぱり捨てようと昨夜寝る前にも誓ったのに、なんでこんな夢を見てしまうのか。

勝手に夢に見て、章吾に悪いことをした気分になった。章吾も、章吾への気持ちも汚してしまったようだ。

「……こんな具体的でエロい夢を見てしまったからには……」

もう親友ではいられないだろうか。

贅沢《ぜいたく》は言わない。親友としてでいいから、そばにいたい。そう言いながら、本音ではこんな浅ましい願望を抱いている。

親友面してそばにいながら、醜い欲望を抱いてしまう自分が嫌だった。好きな人のそばにいられたらそれで幸せだと、どうして思えないのだろう。満足できないのだろう。それ以上を望んでしまうのだろう。

そばにいられなくなるぐらいなら、性欲なんかいらないと思うのに。

「……なんで性欲なんかあるんだろうな……」

こんな夢を見ておきながら、次に会うとき、平然として会えるだろうか。いままでの自分ではいられないのではと不安になる。

たかが夢と片付けられず、悶々と思いつめながら身を起こす。そこで異変に気づいた。

「うそだろ……」

下肢に感じる濡れた感触は、まさしく夢精によるものだった。布団をめくって濡れた下着を確認し、泣きたい気分になった。

「中学生かよ……」

まさか二十六にもなって下着を汚すはめになるとは。

あまりの情けなさに、大和はひたいを手で覆った。

四

「よし、翼。次はカラオケに行くぞぉ」

「嫌です。行きたいなら北川さんひとりで行ってください」

事務所へ戻る夜の路上で酔った北川が翼の肩を抱く。翼はふり払いはしないものの、面倒臭そうな顔をしていた。

「あんだよ。つれねーこと言うなよ」

「仕事がなければつきあいますけど」

本日の仕事は夜の八時に終わり、いまは九時。あと四時間もしたら次の仕事が入っているため、今日はそれぞれ自宅へ帰らず大和の家で仮眠することになっていた。

深夜開始のワケあり仕事である。厳しいスケジュールを入れてしまったお詫びにと父が夕食代をくれたので、三人で近所の居酒屋へ行って飲んできた。酒は弱いのだが、北川が飲みたがるので少々つきあった。それにしてもあと四時間で仕事というのに北川は使いものになるのだろうかといささか不安になる。

「北川さん、それで仕事できるんすか」

おなじことを思っていたようで、翼が尋ねた。

「平気平気。あと四時間もすりゃだいたい抜けるさ。俺ぁ酒が入らないと眠れねーんだよ」

「はあ」

「にしてもおまえら、あんまり酒飲まないよな」

「俺、未成年すけど。それに四時間後の運転手です」

「おっと、そういやそうだな。しっかしなあ、カラオケも行かねえドライブも行かねえ彼女もいねえ、いまどきの若いもんは休みの日にはいったいなにしてんだ」

「寝てます」

酔っ払いがうひゃひゃひゃと笑う。

「寂しいなあ。聞いたか大和。おまえはどうだよ」

「俺も大差ないですよ。休みは雑用で終わりますね。身体を休めたいし、遊ぶ金もないし」

本当はレース編みをしているが、それは北川にも内緒だ。家に飾ってある作品は、大和の作品もすべて母親の形見だということにしてある。

「北川さんだってそんなもんでしょ。ドライブとか言ったたって、仕事であちこち車走らせてるのに、休みの日まで長距離運転したいんっすか」

「それとこれとはべつだろーが」

事務所に到着し、北川を抱えるようにして歩く翼を先に中へ通す。続いて入ろうとしたときに後ろから直哉の声が聞こえた気がして、なにげなくふり返ると、通りを挟んで斜めむかいにある弁当屋の軒下に直哉が立っていた。

事務員の直哉はこのあとの仕事には関係なく、帰宅したはずだった。

薄暗く、街路樹に隠れてよく見えないが、もうひとり男がそばに立っている。シルエットに見覚えがあった。

男が直哉のほうへ頭を傾けた。外灯の明かりで照らされたその横顔は——章吾。

ふたりとも楽しそうに会話しているようで、大和が見ていることに気づいていないようだった。

ふたりは身を寄せ、顔を近づけていく。

大和の身体が石のようにこわばり、足がすくむ。目をそむけたいのに視線を離すことができない。

やめてくれと叫びたいのに声が出ない。

やがて大和が見ている前で、章吾の顔が直哉のそれに重なった。

夜の気配がぴたりと動きをとめた。つかのま、耳鳴りがしそうなほど周囲から音が消えた。

一台の車がエンジンを吹かして道路を過ぎ去っていき、風が吹きぬけて頬にあたる。春の夜風は生温く弱々しいというのに、風圧に倒れる草のようにその場にくじけそうになった。

ああ……、と、胸の内で漏れた嘆息は、声にはならなかった。

章吾のキスシーンを見たのはこれが初めてで、呆然《ぼうぜん》と立ち尽くす。頭が真っ白になってしまい、目をそむけて家に入ることも、その場にしゃがみこむこともできなかった。

行き場のないやりきれなさに、胸が引き攣れたように痛む。

章吾のことは諦めているなどと言いながら、全然諦められていないことを思い知らされる。

まもなくふたりの姿が離れ、軽く手をあげて章吾が去っていく。その姿が見えなくなっても動けずにいると、章吾の背に手をふっていた直哉の顔がこちらにむき、目があった。

どうしようと内心うろたえているうちに直哉が歩いてくる。くるなよと思うし逃げたかったが、動けなかった。

「見られちゃったか」

目に見える世界がぐにゃぐにゃしている。照れ笑いを浮かべながらやってくる直哉の姿が、なぜだか現実味を伴わなかった。

「仕事終えてから、ご飯食べに行ってたんだ」

すこししか飲んでいないつもりだったが、自分で思っているより酔っているのかもしれない。直哉が話しかけてくる内容が頭に入ってこなかった。

直哉のかわいらしくふっくらとした唇に目がいく。

その唇が、たったいま章吾とキスをした。

そのことばかりが頭の中をめぐって、視線をそらせなくなった。

章吾の唇がふれた、唇。

章吾の唇はどんな感じだったのだろう。

キスしたばかりのせいか、直哉の唇はすこし濡れているようにも見える。昔、章吾の飲みかけのグラスにこっそり唇を重ねたい衝動に駆られたことがあるが、そのときと似たような感覚を覚えた。

——ふれたい。

深く考えずに大和は身を屈《かが》め、吸い寄せられるように顔を傾けて直哉の唇にくちづけた。

「……っ、な……」

唇がふれた瞬間、直哉が一歩退いた。大和も我に返り、弾かれたように身を離す。

「あ……」

「な……んで」

まさか大和にキスされるとは思っていなかったようで、直哉が大きく目を見開いて見あげてくる。

大和だって、直哉にキスしたかったわけではなかったのだが。

うろたえすぎて、ただでさえ鈍っていた頭の回転がますます鈍る。

「や……その……悪い」

口元を押さえて目をそらす。横をむいていても、直哉の驚愕《きょうがく》の視線を頬に感じた。

「ええと……なんか、すげー酔ってるみたいで」

「………」

「なんというか、その……いまのは忘れてくれ」

大和はとり繕うこともできずに直哉を置いて家の中へ逃げ込んだ。事務所の裏口の扉を音を立てて閉めると、たったいま自分がしでかしたことを思い返した。

「……なにやってんだ俺……」

言いわけなどできない。

完全に間接キスのノリだった。

ひどい話である。酔いとショックで頭がどうかしていたとしか思えない。失礼にもほどがあるだろうと、閉めた扉に寄りかかって頭を抱えた。身体から力が抜けて、そのままずるずるとへたり込む。そこでふと気づいた。

「……あ……俺、キス……」

思わず唇を手で覆う。まぬけなことに、ファーストキスだったことにたったいま気がついた。章吾との間接キスをしているつもりですっかり気がまわらなかったが、自分の大事なファーストキスを、なんとも思っていない直哉にあげてしまったのだった。

しかし、それはいまは重要なことではない。大変なことをしてしまった。

「大和さん？」

社員用の仮眠室は事務所ではなく扉を隔てた自宅側にあり、翼たちはすでにそちらへ入っていたようだが、物音に気づいたらしく、翼が顔をだしてきた。そしてしゃがみ込んでいる大和の姿を目にして慌てて靴を履いて駆け寄ってくる。

「どうしたんです。だいじょうぶすか」

「いや、だいじょうぶ。酔ってるだけ」

「吐きそう？」

「いやいや、そうじゃない。問題ない」

気遣わしげに伸びてくる翼の腕をやんわりと断って、大和は自力で立ちあがった。翼が心配そうに見つめてくるが、表情をとり繕う余裕はなかった。

「いや、だけど。真っ青っすよ」

「も、寝る。おやすみ」

「あの、ほんとに？　部屋まで行きましょうか」

「だいじょうぶだから。おやすみ」

翼の親切を断って自室に戻ると、うめき声を漏らしながらベッドに倒れこんだ。

なにしてるんだ、なにしてるんだ、なにしてるんだ俺。

改めて先ほどしてしまったことをふり返り、自己嫌悪に陥る。キス自体もその後の態度も最悪だった。

「キスしておいて、忘れてくれはないよな……」

直哉にも章吾にも申しわけないことをしてしまった。

明日、直哉になんと言えばいい。直哉のことだからきっと章吾に話が伝わる。そうしたらどう説明すればいい。

酔っていたとしか言いようがないし、実際そうなのだけれど。

「どうしよう……ふたりにきらわれる」

頭を抱えて丸くなる。

明日、ちゃんと謝らないといけないと思う。しかしまじめに謝るべきか、軽いノリでいくべきか、そこも悩みどころだ。

誠意をもって謝るべきかもしれないが、相手がたかがキスぐらいと思っていた場合、あまり深刻に謝罪すると、探られなくてもいい腹を探られることになる。あるいは、男同士なのだし酒が入っていたからと、あっけらかんと笑って済ませる手もあるが、直哉はゲイだ。男とのキスに対してナイーブに考えているかもしれない。

考えれば考えるほどぐるぐるしてしまって、自棄《やけ》になって早く寝て忘れてしまおうと思い布団にもぐり込むが、今度は思いださなくてもいい章吾と直哉のキスシーンを思いだしてしまった。

「…………」

あんなの、見たくなかった。

エッチしたことは聞いた。当然キスぐらいしているだろう。

しかし頭で理解しているのと実際にこの目で確認するのとでは、ショックの度合いは天と地ほども開きがある。

キスして、笑って手をふって。

すごく幸せそうなカップルだった。まるで映画のワンシーンのように素敵だった。

自分だって、章吾とあんな関係になりたかった。あの色っぽいまなざしで見つめられ、甘いキスをされたかった。しかし自分は完全に部外者で、章吾の目がこちらにむくことはない。彼らがスクリーンの中の俳優ならば、自分は大勢いる観客のひとりだ。

思いだしたら胸の痛みがぶり返し、呼吸が苦しくなった。涙が滲む。しかし虚無感が強くて泣きだすことはなかった。

「ばかだな……」

涙の代わりにため息がいくつもこぼれる。

狭いシングルベッドは湿っぽく冷えていて、片想いの寂しさと孤独を感じさせる。寝つけずになんども寝返りを打っていると、窓の外、路地のほうから猫の鳴き声が聞こえた。あおおん、と物悲しく夜のしじまに響く。発情期独特の鳴き声が、いまの自分と重なるようで哀れだった。

早く忘れるためにも眠ってしまいたかったが、その夜は章吾と直哉のキスシーンが始終まぶたから離れず、けっきょく悶々とベッドで過ごして寝不足のまま夜の仕事に出かけることになった。


仕事は未明に終わり、身体の疲労のお陰で家に帰ってきたら即行で眠れた。泥のように昏《こん》昏《こん》と眠り、目覚めて時計を見ると昼近くで、直哉とどんな顔をあわせればいいのかと悩みつつ事務所へ顔をだした。

「あ……」

大和の顔を見るなり、直哉がぎこちなく身体をこわばらせる。

「おはよう」

「……いま、起きたの？」

「ああ」

直哉が窺うような目で見あげてくる。

「あの、大和……昨日のこと、覚えてる？」

「昨日？　ああ、あれなあ」

大和はいま思いだしたというふうに苦笑して、頭をかいた。

「いや、ほんとにすまないことをした。酔ってたし暗かったから、女の子に見えたのかもしれない」

「そんなに飲んだの？」

「ああ。飲みすぎた。こうして見ると、なんでおまえなんかにあんなことをしちゃったのかなってふしぎだ。酒って怖いな」

ははははと明るく笑ってみせると、直哉が頬を膨らませた。

「なにそれ。ひどいよもう。すごくびっくりしたんだから」

「すまん。お詫びにあとで奢《おご》る」

「なにを」

「なんでも。行きたいところで好きなだけ」

「ほんと。じゃあ許してあげる。なにがいいかな～」

けっきょく軽いノリで謝ることを選択したのだが、正解だったようだ。ぎこちなさを完全に払拭《ふっしょく》することはできなかったが、表面上はいつもどおりのやりとりをかわすことができた。

大和はその日は仕事が入っていないので、洗濯と食事を済ませて部屋でレース編みをした。

手元に集中していると、そのときだけはもやもやした雑念を忘れられるからいい。陽が暮れてから街へ出て手芸店を覗くと、オリムパスの金票四十番が安売りしていた。客も店員も女性ばかりで、四方からちらちらと視線を感じて恥ずかしい。なにを買うのかしらと観察されているような視線が突き刺さる。家族の誰かに頼まれて買いにきただけだと思ってくれないかなと心の中で願ったりしつつ、おひとり様二個限定三個目から通常価格のそれを手にとる。レジにむかうときは腋《わき》に汗をかくほど恥ずかしいのだが、どうにか耐えて購入した。その後に夕食の惣菜を買って家へ戻ったとき、章吾から連絡があった。メールではなく電話だ。

いつもだったら胸を高鳴らせて電話に出るところだ。だが今日は昨夜のキスシーンが脳裏によみがえり、重苦しい緊張が走った。

コール音に急かされて、固唾《かたず》を呑んで通話ボタンを押す。

「もしもし」

『よ。いま仕事終わったんだけどさ、大和のほうは、今日は仕事入ってないんだろ』

休みだということは直哉から聞いたのだろう。大和はそうだと答えた。

『これから飲まないか』

「今日？　いまからか？」

好きな男からの誘いだ。喜んで頷きたいところだが、言葉がすぐに出てこなかった。

用事さえなければ、飲みに誘われて断ったことはない。だが今日は、会うのが怖いような気がした。

章吾には、会いたい。けれど昨日のキスが思いだされる。その前の晩の夢に対する罪悪感もある。

『飲もうぜ』

躊躇《ちゅうちょ》していると、章吾が重ねて誘ってくる。

『会って話したいこともあるんだ』

その口調はいつもどおり飄々《ひょうひょう》としたものなのだが、どことなく緊張した気配が受話器越しにも伝わってきた。

話したいことっていったいなんだろう。

昨日のキスのことは、もう直哉から聞いただろうか。

話が伝わるには早すぎる気もするが、直哉のことだから即日に話したかもしれない。それを聞いたから、章吾もこうして誘っているのかもしれない。話というのはやっぱりそのことだろうか。それともべつのことか。

悩んでいるひまがあるなら訊いてしまえばいいものだが、怖くてそんなことはできない。会って話したいと言うのだから、勇気をだして訊いてみたところでいまは話してくれないだろう。それにしても電話では言えないようなことなんてどんな話だろうと、いつも以上にぐるぐるループしてしまう。

「……わかった」

けっきょく断ることなどできず、了承した。

指定された場所は先日もいっしょに飲んだ、行きつけの居酒屋だ。陽が落ちたら急に冷え込んできた春の街をためらいながら歩いていき、店につく。

「よお」

薄暗い店内に入ると章吾は先にきていて、メニューも広げずに壁の一点を見つめていた。大和が声をかけると顔をあげたが、いつものような笑顔はなく表情が硬い。

テーブルにはグラスも置かれておらず、来たばかりらしい。大和はむかいの席に腰をおろした。

やってきた店員にビールとつまみを適当に注文し、店員が去ると、ふたりのあいだに沈黙が落ちた。

章吾がじっと見つめてくる。その探るようなまなざしが大和を落ち着かなくさせる。とても冗談を言えるような雰囲気ではない。

「話って、なんだ」

間がもたなくて促すと、章吾が椅子の背もたれに身体を預けて腕を組み、おもむろに口を開いた。

「引越しのときにお世話になった、直哉くん。彼と親しくなったんだ」

低く、硬い声が耳に届く。

「先日からつきあいはじめてる。おまえの幼なじみだってことだから、報告しておこうと思って」

すでに知っていたことだが、章吾の口から聞かされると予想以上に辛く、胸を抉《えぐ》られた。相づちを打つこともできず、大和は章吾の口元を見つめた。目元の色気とバランスをとるように薄く清潔そうな唇。昨日この唇が直哉とキスしたんだな、などと思いだしてしまう。

「知ってたか？」

「ああ。直哉から聞いた」

ビールが運ばれてきて、大和は助けを求めるようにグラスに口をつけた。

恋人ができたという報告を章吾から受けたのは、この十年で初めてだ。今夜の章吾はいつになく真剣で、それは相手が大和の幼なじみだからという理由もあるだろうが、それだけではないと大和は察した。

これは確実に、昨夜のキスの話が章吾に伝わっている。お喋りの直哉が昨夜の一件を漏らさないはずがないのだ。袋小路に追い詰められた心境になった。

「それでさ。直哉から聞いたんだけど」

呼び方がくんづけから呼び捨てに変わった。

「大和にキスされたって聞いたんだけど。本当か？」

一段と低い声に、率直に切りだされた。

呼びだされたのはこの話かもしれないと予想してきたはずなのに、いざ面とむかって訊かれると、声が出ない。

どうしよう、と思う。いや、どうしようもこうしようもないのだが、焦ってしまってどう返事をすればいいのかわからない。

弁解。弁解しなきゃと思う。しかし。

直哉にキスしたかったわけじゃない。本当は章吾とキスしたかったんだとは、まさか言えない。したくもないのになぜしたんだとつっこまれたら、なんて言えばいい。酔っていたからという理由で直哉本人は許してくれたが、恋人にもそれが通用するだろうか。

背中からも腋からも冷や汗が滝のように流れてくる。内心のパニックを表情にださないことだけで必死だ。

章吾は話を切りだすまでは半信半疑だったのかもしれない。大和の反応を見て、まさかというように驚いた顔をした。それからいつまでも大和が黙り続けているうちに、次第に不機嫌になった。

組んでいた腕をおろし、苛立《いらだ》ったように指先でテーブルを叩《たた》く。

探りあいといった感じだった空気が、急激にピリピリしたものへと変化していく。

「黙っているということは、本当なんだな」

声音からは抑え切れない怒りが伝わってくる。笑いのひとかけらもない。

恋人に手をだされたのだから当然の反応だった。いくら頻繁に恋人を替えているとしても、だからといっていい加減な気持ちでつきあっているとは限らない。恋人が変わるのは早いが、二股をかけたとか浮気したとかいう噂はいちども聞いたことがない。それは章吾が「軽いつきあい」と言うときでも例外ではない。

章吾がどの程度直哉を大事にしているのか、それはいつも軽くふるまい、恋人の話はのらりくらりとかわす章吾がこれほど真剣に問い詰めてくることからも明らかだった。

「すまない」

弁解よりもまず謝らなければと思い、大和はどうにか声を絞りだして謝罪した。

どんな理由があろうとも、大和が他人の恋人に手をだしたのは事実だ。つきあっていることも知っていたのに。

つきあいはじめたばかりだからと言って、許されることでもなかった。

「おまえ、男は好きじゃなかったよな」

「……ああ。好きじゃない」

男が好きなわけじゃない。章吾が好きなだけだ。

「だったら、なんで。直哉が言うには、冗談って感じじゃなかったって話だが」

問い詰める声は、苛立ちのほかにもどことなく焦りの色が滲んでいるように感じられた。

「いきなりおまえからしてきたって聞いてるんだが。直哉が誘ったわけじゃないよな？」

「ああ」

じわじわと追い詰められる。たかがキス、と許すつもりは章吾にはないらしい。

それほど直哉が大事なのかもしれない。それはそうだと思えた。つきあいはじめたばかりで、きっといまが一番夢中になっている時期なのだろうから。昨夜のふたりの楽しそうな様子が思いだされ、いまの自分と比較して絶望的な気分になる。

章吾はひどく怒っている。この男から、こんなふうに正面から怒りをむけられたことは、いまだかつてなかった。

好きな男から敵意をむけられることがこれほど胸にこたえるとは、想像したこともなかった。こうなるとわかっていたら、あんなまねはしなかった。

「……。すまない。酔ってたんだ……」

ひと言発するたびに、泣きたい気分になってくる。本当に、なんでキスなんかしてしまったんだろう。

「酔ってた？」

章吾が眉を寄せる。

「悪ふざけだったとでも？　でもおまえ、どんなに酔ってても、友だち相手にそういうまねしたことないだろ。男同士なんて嫌だっつって。そういうところ、潔癖だもんな」

問いが重なるごとに、章吾の怒りが増しているようだった。針の筵《むしろ》だ。責める言葉がちくちくと突き刺さり、大和はひたすら胸の痛みをこらえた。

酔っていた。それは本当だ。そしてそれ以上の理由は答えられなかった。直哉に謝ったときのように軽い冗談としてごまかすことは、とてもできそうにない。

黙ってビールグラスを見つめることしかできずにいると、章吾が覗き込んでくる。

「なあ……おまえさ。直哉に、おれは軽薄だからやめとけって忠告したんだって？」

怒りのためだろうか、章吾の声が震えるようにかすれた。

「おれはたしかにちゃらんぽらんかもしれない。だけどさ、そんなふうに人に言うほど、おれってだめなやつに見えるか？　大和には、どうしようもないやつに見えてる？」

直哉は忠告されたことをどんなふうに伝えたのだろう。もしかしたらすこし誇張して言ったのかもしれない。章吾の深刻な様子に慌てながら弁解した。

「と、とんでもない。どうしようもないなんて思ってないぞ。だめなやつとも思ったことなんかない。ほんとに、いいやつだと……いい、友だち、だと……思ってるし」

章吾の瞳が、わずかに影を帯びた気がした。

「……友だち」

章吾が呟《つぶや》く。その言葉に大和は大きく頷いた。

本当は友だち以上に思っている後ろめたさから、必要以上に力強い口調で言う。

「そう。だからつるんでるんだろ」

章吾の返答はなかった。どこか痛そうに瞳がゆがんだ気がしたが、それは直哉への忠告のせいだろうと思い、弁解の言葉選びを迷ってしまう。

「ええと、だけど、その……なんていうか……」

「なんだよ。はっきり言えよ」

「……おまえってさ……その、恋人に対しては飽きっぽいところがあるだろう？　それはわかってるよな？」

章吾が不服そうに押し黙った。据わった目で続きを促されて、大和は続ける。

「すぐに捨てられるかもしれないから、やめとけと言った。あいつが泣くのなんて、俺は見たくないから」

「なんで？」

「なんでって。直哉は幼なじみだし、大事な仕事仲間だし……」

「大事な……ね」

低い声がひとり言のように復唱する。

「幼なじみで仕事仲間と思ってる相手に、キスしたんだ？」

章吾は皮肉な言い方で冷たく笑い、つかんだビールグラスに目を落とした。しかしけっきょく飲まずに手を離し、探るような瞳をむけてくる。

「思ったんだけどさ……大和、もしかして直哉が好きだったとか？」

直哉が好き？

「まさか」

思ってもみなかった推測をされ、反射的に否定したものの、続く詰問に答えられなかった。

「だったら、どうしてキスした？」

「直哉のことが好きだったと仮定すれば、つじつまがあうんだが」

「それは……」

キスした理由など、どう訊かれても言えるわけがない。間接キス感覚だったなんて、最低すぎる。直哉が好きだったからという理由のほうが人としてまだましだ。

「ずっとふしぎだったんだよな。大和ってかなりもてるくせに、誰ともつきあおうとしないだろう。ノンケだって言うわりに、女の子に興味なさそうだし、かといって男に関心があるわけでもなさそうで、好きな相手がいるのかなってカマかけてみても引っかからないしさ」

「………」

苦しさに耐えかねて、大和は口を開いた。そんなの、おまえが好きだからだと発作的に言ってしまいたくなった。

しかしかろうじて思いとどまり、唇を嚙み締める。

口にしたら最後、友だちではいられなくなる。そばにいられなくなる。それだけは嫌だ。

「黙っているということは、そうだったってことか？」

問い詰める声は容赦なく逃げ場を塞ぐ。大和は目を伏せて、テーブルの下でジーンズを握った。

直哉が好きだなんて、よりによって好きな相手に誤解されたくない。だが、本当は章吾が好きなのだと知られるよりは……。

関係が壊れるよりは——。

「……昨日は、酔ってたんだ。許せ」

テーブルにひたいがふれるほど頭をさげた。

「大和、おまえ——」

「もう二度と手はださないから」

テーブルに置かれた章吾のこぶしが、力を込めすぎたせいでわずかに震えていた。

顔をあげてみると、章吾が青ざめた顔をして鋭く睨んでいた。直哉が好きなのだと思っているのだろう。けれど誤解だと訂正する手段はない。

「訂正、しないのか……」

「……すまない」

「悪いが、直哉は俺の恋人だ」

宣言する男の声も表情も斬《き》りつけるほどの凄みがあり、大和は息を呑んだ。

「おまえの気持ちを知っても譲れない」

いつもは色っぽい瞳が、いまは怒りでぎらついている。強烈な敵意をむけられ、胸が潰れそうだった。

「わかってる」

恋人に対して、章吾がこれほど真剣になるとは知らなかった。つきあいはじめたばかりでも、直哉への気持ちはとても深いものなのだとわかる。

怖くて訊くことはできないが、たぶん直哉は『軽いつきあい』ではないのだろう。

もしかしたらこれまでとは異なり、三ヶ月以上続くような交際になるのかもしれない。

「……二度と、あんなまねしないから……許してほしい」

直哉のことはけっしてきらいではないのに、嫉妬で胸が焦げつきそうだった。後悔があとからあとから溢れ出て、身の内を食いつくしそうになる。章吾に敵意をむけられていると思うと、視線もあげられなくなった。

その後はろくに会話もせずに食事を終えた。

店を出て、無言でふたり並んで駅まで歩く。

「……じゃあな」

改札付近までくると、章吾が言った。先日の引越しで章吾の住まいもこの地域から離れたのに、電車に乗るつもりがなさそうだった。

「乗らないのか」

「ああ。もう一軒行こうかなと」

駅には見送りに来ただけで、まだひとりで飲むつもりらしい。

いつもならば「呼びだして悪かったな」とか「また連絡する」などという言葉が続くのだが、今日はなかった。そして先ほどまでの怒りとはまた違う、もの言いたげな表情で大和を見る。

なんだかとても悲しそうで、辛そうな表情に見えた。見ているこちらまで辛い気持ちになるような悲嘆にくれた表情だった。親友に裏切られたと感じているのだろうかと想像すると、慰めの声をかける資格はないと思えた。

いつまでも黙って立っているわけにもいかず、大和も、

「じゃあ……」

と言って章吾に背をむけた。

改札を通ってふり返ってみると、章吾はまだこちらを眺めていた。

大和は一瞬足をとめたが、ふり切るようにまた歩きだした。

エッチな夢を見たあとも、直哉にキスをしてしまったあとも、もう親友ではいられないかもと思ったが、今日は切実にそれを痛感した。

これはもう、本当にだめかもしれない。

章吾は許してくれるだろうか。もうすでにきらわれていて、修復不可能だろうか。最悪の場合を覚悟しておいたほうがいいだろうか。

いくつもの不安が渦を巻く。

よりによって、好きな相手の恋人に横恋慕していると勘違いされ、それを訂正できないはめになるとは思わなかった。

想いがかなえばいいとは思っても、本気でかなうと思ったことはない。

そばにいられればそれでいい。ずっとそう思ってきた。それなのに、なにが悲しくて好きな男にライバル視されなくてはいけないのか。

「自業自得だな……」

直哉にキスした自分が悪い。それだけだ。

考えなしの行動は思いのほか深手となった。ひとりで歩く道すがら、大和は涙で滲んだまなじりを乱暴に手でこすった。

五

「わ、大和さん、しっかり！」

翼の声が耳元で聞こえ、はっとしたときには男の腕に身体を支えられていた。

仕事中である。トラックの荷台から荷物を運ぼうとしたときにめまいを起こしてしまったらしい。

「……あ。悪い」

「どこか、具合悪いんですか。朝からずっと、様子がおかしいと心配してたんすけど」

「いや。ただの寝不足なんだ」

意外とたくましい翼の腕から身を離しながら大和は言いわけした。

「おまえにはいつも、体調管理に気をつけろって言ってるくせにな」

「すこし、休んでますか？　あとは俺ひとりでもなんとかなりますから」

「いや。平気だ」

「でも……。じゃあ運転は俺がしますから。そのあいだ休んでください」

章吾と居酒屋で会ったのち、一睡もできずに今日を迎えた。仕事があるから眠らなければと思えば思うほど逆に脳は冴え渡り、章吾に突きつけられた言葉や睨んでくる顔、直哉とのキスシーンがぐるぐると巡ってしまい、心身ともに消耗してしまった。

「じゃあ、運転は頼む」

今日の仕事は翼とふたりきりで北川はいないため、作業中に休んでいるわけにはいかない。どうにか最後までやり遂げ、その後は申し出に甘えさせてもらい、帰り道は助手席で身体を休めた。

朝方降っていた雨はやんでいたが、雲は晴れず、空気は湿っていた。黒く濡れた路面を眺めながら車に揺られる。トラックのエンジン音と振動が胸の中にある鬱々とした気持ちをかきたてて、いつまで経ってもすっきりとしなかった。

「お疲れさま～」

事務所につくと、直哉が笑顔で迎えてくれた。以前はこの笑顔を見るとひと仕事終えたと実感してほっこりしたのに、いまでは胸苦しさが募るだけになってしまった。

「待ってね。いまコーヒーでも淹れるよ」

「俺はいい。疲れたから寝てくる。翼、お疲れさん」

直哉の顔を見ていたくなかったし、なにより疲労困憊《ひろうこんぱい》していて早くひとりになりたかったのだが、事務所を横切って奥にある自宅へむかうと、あとから直哉が追ってきた。

「待って大和」

事務所の奥にある扉を開けると自宅の玄関になっており、薄暗く短い廊下が続く。廊下へあがったところで大和は足をとめた。

「ちょっと確認したいことがあるんだけど」

玄関に立つ直哉はいったん後ろをふり返り、扉が閉まっていることを確認してから、窺うようなまなざしで大和を見あげた。

「あのさ。大和って、ぼくのことが好きなわけじゃないよね……？」

「は？　どうして」

眉をひそめると、直哉が恥じるように口ごもる。

「いや、その……キスしてきたり、したから……」

「それは酔ってただけだって言っただろ。おまえが好きだなんて、考えたこともない。友だちとしてって質問なら、話は変わるが」

章吾に訊かれたときは後ろめたさから答えられなかったのに、直哉が相手だときっぱりと否定できるのがふしぎだ。

直哉がほっとしたように笑った。

「だよねえ。いや、うん。そうだと思ったけど、でも章吾に話したら、好きだからしたんじゃないかって言うから」

「酔っ払いの愚行なんだから、そんなことを話すなよ。誤解されるだろ。俺、昨夜あいつに呼びだされて、問い詰められたんだぞ」

「ほんと？　じゃあそのあとかな。夜遅くに章吾がうちにやってきたんだよ。それで、これまでにも大和になにかされたことはなかったか、なんて心配そうに訊いてくるんだよね」

「……へえ」

「されてないって言っても、なかなか信じてくれなくて困っちゃった」

直哉が口元に手を当てて思いだしたようにくすくす笑い、安心したのかいつもの調子で喋りだした。

「それからね、大和にはあまり近づくな、なんて言うんだよ。でね、強引にラブホに連れて行かれて、もお、すっごく激しくされちゃって。今日は腰が痛いよ～」

「………………」

「あれってやっぱりヤキモチだよね。章吾ってああ見えて、独占欲が強いみたい。いままではそんな感じじゃなかったから、ちょっとびっくりしちゃった。ぼくたちはただの幼なじみなのにね」

明るい笑い声が廊下に広がり、後頭部にがんがんと響く。

嫉妬と悲しみが渦巻き、吐き気が込みあげる。拒絶反応で胸が張り裂けそうだった。

「そんなんじゃないと思うって言っても納得してくれなくて、約束するって言うまで、すっごいの。なんども――」

「……直哉」

これ以上、聞いていられずに話を遮った。直哉に悪気はないことはわかっているのだが、抑え切れない。

直哉がどうしようもなく羨ましかった。

自分も抱かれたかった。熱く求められたかった。

十年前から諦めてきたつもりだったのに、いまだにこれほど強く求めている自分が滑稽《こっけい》で、醜く思える。

「俺の前で章吾の話をするな」

自分でも驚くほど暗い声が出た。

直哉が驚いて黙る。

「あ……ごめん。そうだったね」

本気で怒っているのがわかったようで、直哉がおろおろと手を伸ばしてくる。大和はその手が身体にふれる前にふり払った。

ぱしり、と音がして直哉の手が弾かれる。

無愛想だがどれほど怒っても乱暴をしたことがない大和の、その態度に直哉が呆然とした。

「……悪い。疲れてるんだ」

大和はいたたまれずに背をむけ、階段をあがった。

ときが過ぎれば気持ちも落ち着くだろう。

章吾に恋人ができるなんていつものことなのだ。これまでも、恋人ができたと噂を聞くたびに胸に痛みを覚えつつもやりすごしてきた。今回は身内に近い者だったために深いダメージを受けているが、いままでどおりに対処すれば、いずれ浮上できるはずだ。

意識的に考えないようにすればいい。そう思い、大和は淡々と日々を過ごした。

しかし、仕事中はなにもかも忘れて没頭できるのだが、それ以外の時間はうまくいかなかった。直哉とはほぼ毎日顔をあわせるから、嫌でも章吾のことを思いだしてしまう。妄想力に長《た》けているのが災いして、ふたりの幸せな姿ばかりを想像してしまい、勝手に落ち込み、滅入《めい》ってしまう。

なんと言っても直哉と昼食を食べる時間が苦痛だ。

食欲も湧かず、食べ物がなかなかのどを通らず無理やり飲み込むと、胃が痛んだ。食べ物の重みで胃壁が薄く引き伸ばされたような感じがし、それでも食べ続けていると吐き気が込みあげる。

この数日間で体重も減ったかもしれない。身体が資本の仕事なのにこれでは体力が持ちそうになく、しかたがないので理由をつけては出先で食事をとるようになった。

その日の仕事の相棒は翼で、他県へむかう道中、サービスエリアで昼食をとることにした。

平日の中途半端な時間帯で、規模のちいさなサービスエリアを選んだので店内は比較的空《す》いている。

「……また、それだけしか食べないんすね」

売店でおにぎりをひとつだけ買ってカウンター席へすわると、となりにすわる翼が眉間《みけん》にしわを寄せて大和のおにぎりを見た。

「また」と言われたということは、これまでも観察されていたらしい。

これが北川辺りだったら大和がなにを食べていようが見もしないのだが、翼は口にしないだけで、人の行動をつぶさに見ている。

鼻をかみたいなと思ってティッシュのありかを探そうと顔をあげたら目の前にボックスティッシュを無言で差しだしてくれたりして、おまえは人の心が読めるのかと驚くことが多々ある。

気立てのいい青年なのだ。

男前な見かけにあわせてそれらしくふるまっている大和だが、本当は乙女な性格だということも、翼には見破られていそうだ。

「なんだかな、胃の調子が悪くて」

翼が眉間のしわを深めて心配そうにじっと顔を見つめてくる。

大和としては軽く言ったつもりだったのだが、どうやら心配させてしまったようなので、言いわけをつけ加えた。

「たいしたことないんだけどな。昨日の夜飲みすぎたせいかな。じき治るだろ」

「……四、五日前からですよね」

本当によく見ている。思わず苦笑がこぼれる。

「そうだったか？」

「昨日は菓子パン。一昨日の弁当は食べたふりをしてほとんど残してました。その前もそうっす」

「あー」

「だいじょうぶ……じゃないっすよね。すこし痩《や》せたんじゃないっすか」

「まあ、たしかにこのところ食欲ないけど、そんな言うほどじゃないぞ」

「あの――、あ」

翼がなにか言おうと口を開いたところで、彼の食券の番号が呼ばれたらしく、席を立った。

正面の窓ガラス越しに駐車場の様子をぼんやり眺めながら、大和は先におにぎりを食べはじめた。

まもなく翼がラーメンのトレーを持って戻ってきた。

ものいいたげな視線を送られたが気づかぬふりをしていると、翼も黙ってラーメンを啜《すす》りはじめた。

大和はおにぎり一個だけだったが食欲がなくて、もそもそ食べていたので、大盛りのラーメンを頼んだ翼とほぼ同時に食べ終えた。

「さて、行くか」

無駄話もせずトラックへ戻る。運転席へ乗り込んでシートベルトに手をかけたとき、助手席の翼が低い声で名を呼んだ。

「大和さん」

「ん？」

「ちょっと訊きたいんすけど」

顔をむけると、やけに思いつめた表情をした青年が、両手を脚の付け根に置いて、身を乗りだすような体勢でこちらをむいていた。

「あの。じつはこの前、大和さんが直哉さんに惚れてるって噂を聞いたんすけど……」

大和は自分の頬が引き攣るのを感じた。

なんでそんな噂が出るのか。直哉にキスしたのは職場では直哉しか知らないはずだし、それ以外では誤解されるようなまねはしていない。直哉にも誤解だと言ったのだが……そんな噂をする人物は、ひとりしか思い浮かばない。

「誰だそんな噂してるやつは」

「直哉さん本人なんすけど」

「……やっぱり……」

「本当ですか」

「……冗談じゃない」

まったくあいつはなんてことを言うんだ。

急激な疲労を感じて、大和はひたいを覆った。

そんなはずはないよね、と自ら確認にきたというのに。誤解だと共有認識できたはずで、それなのに考えを翻したのは話の途中で大和が急に怒ったせいだろう。嫉妬による怒りだと思い込み、やっぱり章吾が言うとおりだったと結論付けたのかもしれない。

あの状況ではそう判断するのもわからなくもないが……。

だからといってむやみに人に言わないでほしいなあと思うが、悪気はないと長年のつきあいで知っているから憎むことはできない。

「ばかばかしいよな。勘弁してほしいよ」

「違うんですね」

「当然だろ。まったくの誤解だ」

ため息をついて座席にすわりなおし、シートベルトを締める。それからエンジンをかけようとしたが、翼がまだこちらを見ているので、促すつもりで目をむけたとき。

「俺、大和さんのこと、好きです」

唐突に告白された。

「はい？」

翼は緊張した面持ちをしていた。その顔を大和はぽかんとして眺めてしまった。

唐突も唐突で、なにを言われているのか。好きってなにが？　と訊き返したくなるほどいきなりだ。

とりあえず言葉自体については、聞き違いではなさそうだった。

「なんだいきなり。どういう意味だ」

「そのままの意味です」

「そのままの意味というと……ええと、先輩として慕ってるとか、そういう意味で……？」

先輩としてという意味ではなさそうだとは、その真剣な表情からなんとなく感じた。直哉との誤解話のあとでもあり、色っぽい意味なのだろうかとぼんやり察しはしたが、あまりにも突然かつ予想外すぎて、確認せずにはおれない。近頃の十代は好きという言葉をべつの意味で使うのだろうかなどと疑《うたぐ》りたくもなる。

「わかってるくせに、とぼけないでください。もっと特別な意味です」

「急に言われてわかるか。突然すぎるだろ」

本当に告白されているようだと理解して、いま頃になってようやく驚きが生じてきた。告白するならするで、もっと雰囲気作りをしてからにしてほしいものだ。ロマンチックな曲を流すとか夜景を見ながらとか。すくなくともトラックの中はないだろうと乙女な大和は思う。

「すみません。じゃあ、わかるようにもういちど言います。大和さんが好きです」

普段あまり喋らない男の言葉には重みがあって、冗談にしてしまうことはできそうになかった。

大和にとって、翼は弟みたいな存在だ。どう答えたものかと耳をかいていると、翼がさらに身を乗りだしてくる。

「最近、なにか悩んでますよね。事情は知りませんけど、なんか、もう見てられなくて」

食事はとれないものの、それ以外はいつもどおりふるまっていたつもりだったのだが、翼の目はごまかせなかったらしい。まっすぐに見つめてくる瞳から逃げるように大和は目を泳がせる。

「あー……心配かけてたか。悪い。べつにたいしたことじゃないから……」

「そういうの、やめてください」

膝の上に置いていた左手に翼の手が重ねられた。びくりとして引こうとしたら、強くつかまれた。

「そりゃ、俺じゃ頼りにならないかもしれないっすけど、でも、俺でも、大和さんの役に立てることってないですか」

いつになく張りのある声が一生懸命訴えかけてくる。

「いまは愚痴を聞かせてもらうだけでもいいです。支えさせてください。俺、大和さんを守れる男になりますからっ」

翼はいかにも必死で、最後のほうは声がひっくり返っていた。真摯《しんし》に自分のことを思ってくれる気持ちはひしひしと伝わり、笑う気にはなれなかった。

大和はそらしていた目を戻し、上目遣いに翼を見た。

「おまえ、ゲイだったのか？」

「いいえ。でも大和さんは特別です」

緊張と興奮で赤くなった頰と、けっしてそらされないまっすぐなまなざしが、かわいく感じられた。

「それって、いつから」

「自覚したのは最近です。でもよくよく考えてみると、けっこう前からだと思います」

「気持ちは嬉しいけど……でもな」

翼のことはかわいがっていたし、好意を寄せられて嫌な気はしない。気持ちが弱っているときだったからよけい、好意を嬉しく思える。

しかし自分の翼に対する感情は恋ではない。

「悪いが、男はちょっと無理かも」

章吾に惚れているが、男が好きなわけではない。やんわりと手を退《の》け、率直に答えると、翼が唇を噛みしめた。しかし瞳はそらさず、まっすぐに見つめられる。

「すこしも、考えられませんか」

「男は抱けないって」

「いえ、俺が抱きたいんすけど」

「は？」

以前の章吾との会話から、自分は抱かれるのではなく抱く立場なのだと認識を改めていた。

それに、大和と翼の体格はほぼいっしょで顔立ちも男っぽいが、翼のほうが十代の少年のなごりが残っていて、当然自分が抱く立場として見られているのだろうと思い込んでいた。

それがまさか、抱きたいと言われるとは。

「おまえ、が……俺を？」

抱かれる立場に憧れる大和である。当然の結果として妄想が広がる。

——俺がかわいがってあげます大和さん。ああ、そんな翼……とか言いながら流されて服を脱がされ、バラの花の散るベッドで目くるめく官能の世界を——と、コンマ数秒でいっきにそこまで考え、思わず頬を染めてしまった。乙女のように身をすくませ、胸の前で両手を握りしめてしまう。それが男のなにかに火をつけてしまったのか、翼のまなざしが明らかな興奮の熱気を放ちはじめた。

「大和さんはなにもしなくていいです。俺が全部やりますから」

「は？　な、なにを」

断ったはずなのに、ずずいと迫られた。

「だめですか」

「いや、ま、待てっ」

顔を近づけられて、大和は焦りまくってしまう。その無防備でウブな反応を見た翼はさらに興奮し、大和の肩を強くつかむ。

「本当にだめかどうか、ためしにキスを……」

「ば、ばか、やめろって未成年っ」

大和は近づいてきた顔を押しのける。大和が焦れば焦るほど、それに比例するように若い翼も興奮してくる。

「大和さん……」

耳に吐息を吹きかけられ、さすがの大和もポーカーフェイスを崩して首をすくめた。

「あ、こ、こら……っ、こんなところで、なにするんだ……っ」

「キスです」

告白したことでなにかが吹っ切れてしまったのか、翼は簡単に引きさがろうとしない。至近距離での攻防が続いた。

「やめろって」

「ちょっとキスしてみるだけっす」

翼の唇が頬に近づく。息が吹きかかる。

好きな男ではないが、不快感はない。翼の熱っぽさに押されて大和の胸も次第に鼓動が速まってくる。

相手は別人とはいえ、こんなシチュエーションの妄想を毎日くり広げていた大和である。けっしてときめいてはいないはずなのに、動転した気持ちがなにかを誤解しそうになる。

自分を見失いそうで、焦って押し返した。

「あのなっ。たったいま、愚痴を聞かせてもらうだけでいいって言わなかったか」

どうにか自分を持ち直して強気で睨むと、翼がうっと詰まった。

「言いました……」

と弱々しく言って身体を離し、叱られた犬のようにすごすごと助手席へ戻る。

それを見届けて、大和は安堵《あんど》のため息をついてひたいを拭《ぬぐ》った。

「こんなことしてる場合かよ。依頼主待たせちまう」

「そうでしたね……」

「行くぞ。シートベルト締めろよ」

エンジンをかけて後方を確認していると、おとなしくすわった翼がいつものぼそぼそ口調で言う。

「いきなりすみませんでした。でも俺の気持ち、覚えておいてもらえると嬉しいっす」

「わかった」

こちらもいつもの調子で答えたが、内心はびっくりしすぎて、まだどきどきしていた。動揺しているのは、いきなりの告白もそうだが、自分のような男を抱きたいと言ってくれる男がいることに対してもだ。

男前で、かわいくない。小柄でもない。そんな男を好きだと言ってくれる相手がこんなに近くに存在していたとは。

翼を恋愛対象として見たことはなかったからとまどいが大きいが、自分の存在価値を認めてもらえたような、嬉しい感情も心の奥にたしかにあった。

乙女のように恋に憧れる大和である。男に告白されたことも初めてである。これほどまっすぐに求められると、恋しているわけでもないのに動揺してしまう。

求められても不快ではなかったのだ。そしてどうやら自分は押しに弱そうだ。告白するなら雰囲気を作れと思ったが、もし雰囲気を作られていたら、ほだされて流されて、なんてことも――、いまはなくても、この先どうなるかわからない。
どうにも落ち着かない空気の中、大和は車を発進させた。

それから二ヶ月近くが経過した。

気がつけばいつのまにか梅雨《つゆ》があけ、日に日に陽射《ひざ》しが強くなっていた。木々の緑はいよいよ青くなり、地面に落ちる影も濃い。

「大和さん、運転、俺がしますんで」

荷物を運び終えてトラックに乗り込もうとしたとき、陽に焼けて鼻の頭を赤くした翼が行く手を遮った。

「やらせてください」

「そうか？　じゃ、頼む。疲れたら適当に代わるぞ」

拒む理由もないので任せ、助手席側にまわろうとして踵《きびす》を返したとき、足がもつれた。

「っ！」

バランスを崩し、地面が迫る。しかしとっさに腕を伸ばした翼に支えられ、転倒をまぬがれた。

「だいじょうぶですか」

「ああ。サンキュ」

「具合、悪いんすか」

唇がふれそうなほど至近距離から覗き込まれ、大和は俯《うつむ》いて翼の胸を押し返した。

「いや。そんなんじゃない」

翼の腕も胸も、思っていた以上にたくましくて、それに気づいたら、なぜだか頬が赤くなりそうだった。七つも年下で、高校を出たばかりのガキだと思っていたのに、いつのまにこれほど男っぽくなっていたのだろう。

「最近は、食事とれてますよね」

「ああ。いまのはほんとに、ちょっとつまずいただけだ。行こう」

大和は話を切りあげて車に乗り込んだ。

章吾たちに対して、あいかわらず辛い感情を持て余しているが、できるかぎり考えないようにすることで落ち着きをすこし取り戻していた。食欲も旺盛《おうせい》とは言えないが、一時期よりはとれるようになっている。

あの日以降、翼は仕事の最中でもアピールしてくるようになり、大和の苦手な長距離運転を積極的にがんばってくれたり、まめまめしく気遣ってくれたりする。

翼のことは弟のように思っていたのだが、こうも好きオーラ全開でこられてしまうと、意識せずにはいられない。

翼は元々まじめなのだが、なんと言ってもまだ十九歳で、物慣れなさが抜けきっていなかった。けれど最近はずいぶんと社会人らしい受け答えができるようになった。翼の変身ぶりには北川も「あいつ、最近ひと皮剝《む》けたよな」と感心していたぐらいだ。

翼が田村引越し店の仲間となって一年と数ヶ月、先輩として指導をしてきた大和も、その成長はもちろん嬉しい。

「北川さんが、おまえのこと褒めてたぞ。すげー成長したって」

「それは大和さんのお陰です」

助手席から車窓を眺めつつ、喜ばせるつもりで言ってやると、大人びた返事が返ってきた。

「俺は、北川さんよりも大和さんの評価が聞きたいっすけど」

「……そりゃ、俺もおなじように思ってるぞ。すごくがんばってくれてるなって思う」

後輩を伸ばすために言っているだけのつもりが、なんだか妙な気分にさせられた。このところこんな感じで、調子が狂う。

「ありがとうございます」

翼が嬉しそうに目を細めた。

「知ってのとおり、原動力は大和さんなんすけどね」

「俺？」

「そうっすよ。男として認めてほしくて、がんばってます。ぶっちゃけ、下心です。でもけっきょくふられたとしても、元には戻らないと思うんで」

だから安心してくださいと笑う。

「どんな結果になっても、がんばったぶんは自分の糧になりますもんね」

「……そうだな」

下心だと言われても不快感はなく、素直にすごいと感心してしまった。断られても、めげずに努力する姿は賞賛に値するものだと思える。

翼を見ていると、努力ってしてみるものだなとしみじみ思ったりもする。なぜならば、自分の中での翼へ対する感情が、以前とはすこし異なってきているからだ。

恋、ではないと思う。けれど弟としてではなく、ひとりの男として見るようになった。がんばっている人を見ると、それが誰だって輝いて見えるし応援したい気持ちが湧くものだ。当然好感度はあがる。

このままいくと、いつか流されてしまう可能性もなきにしもあらずだと、心の底でこっそりと思ってしまうこともある。

それに比べたら、行動を起こすこともできなかった臆病な自分が情けない。十年間、ずっと見つめていただけだった。いくら章吾がもてると言っても、恋人がいない時期だってあったはずだ。そのチャンスを見つけて、当たって砕ける覚悟で告白するなんて、とてもじゃないができなかった。妄想して、想像の中で砕け散って、やめておこうと思うだけだ。章吾がノンケというならまだしも彼はゲイなのだから、可能性がゼロでもないのに。

翼の勇気を見習いたいものだが、自分には無理だなと思う。

章吾はいまも直哉と続いているのだから。

三ヶ月と続かないという章吾も、今回は長く続いている。直哉とうまくいっているようで、自分が入り込める余地などなかった。

章吾のことはすっぱり諦めて、新しい恋に踏みだすしか道はないのかな、と思う。そう、いつまでも引きずってないで、踏みださなきゃと思う。

事務所に到着したのは夕方で、報告を済ませると大和は自室へ戻った。それから風呂に入るために着替えを準備していると、階下から「大和さーん」と翼が呼ぶ声が届いた。

「ちょっとあがってもいいすか」

「ああ。なんだ」

「あ、待っててください。俺、行きますんで」

扉を開けて下へ降りようとしたら、翼が急いで階段を駆けあがってきた。

「どうした」

「すみません、ちょっと中に入れてもらっても？」

「ん、待て……ああ、いいぞ」

クッションカバーやベッドカバーがレースなのは、いかにも少女趣味だが母親の形見だと言ってあるからだいじょうぶだろう。しかし編みかけのものを発見されてしまったら言い逃れはできない。以前章吾にばれたきっかけがそうだったのだ。だしっ放しになっていなかったか、すばやく部屋の中を確認し、問題ないことを見てから中へ入れてやった。

「失礼します」

「その辺すわって」

床に置かれたクッションにすわらせ、大和自身はベッドに腰かけた。六畳ほどの部屋はベッドとコーヒーテーブルと机や棚が詰め込まれ、男がふたりも入れば窮屈に感じられる。

クッションの上に胡坐《あぐら》をかいた翼は、どことなく恥ずかしそうに俯く。

「あの……俺、明日が誕生日なんすけど……」

「ああ、そうだな。おめでとう」

明日が翼の誕生日だということは知っていた。数日前に店のみんなでお祝いもしてやったし、明日は翼は非番になっている。誕生日ということで、直哉が気を利かせてシフトを組んだのだ。

「それで……俺、最近がんばってるって言ってくれましたよね」

「ああ、言ったな」

「誕生日のお祝いと……がんばったご褒美をかねて……ちょっと、プレゼントみたいなものを、ねだってもいいすか」

「なんだ？　なにかほしいものでもあるのか」

「……キス、させてください」

翼が真っ赤な顔をあげた。

「…………」

大和は驚いて、その赤い顔を黙って見返した。

「俺、はたちです。もう大人です」

「いや、まあ、うん。それはわかってるけど……」

たかがキス。されどキス。いいぞ、と簡単に請け負えるものでもなく、うろたえてしまう。

二ヶ月前にキスを迫られたことを思いだす。この二ヶ月、翼はずっとキスしたかったのだろうか。

好きだと言われ、アピールされてきたのだ。たぶんそんな目で見られていたのだろうなあと思う。

「キスだけです。だめですか」

「えーと」

翼は男っぽい顔なのだが、こうして一途に見つめられてしまうと、ひどくかわいらしく思えてしまう。けっして男は好きではない。それなのに嫌だと即座に断れない自分の心理がふしぎだ。以前ならば、あるいはこれがほかの男ならば、きっと一も二もなく拒否しているはずだ。

それだけこの短期間で翼に情が移ったということだろうか。

純情な高校生に戻ったような気分になり、どぎまぎして黙っていると、翼が中腰になり、ベッドににじり寄ってきた。

「大和さんが俺のこと男として見てないの、わかってます。だから、してもらったからといって誤解しませんから」

「だけどな」

「軽く考えてください。飲み会の罰ゲームで男同士でキスしなきゃいけなくなることとか、よくあるじゃないですか」

「罰ゲームのノリでいいのか？」

「あ、いえ、それは……無理ならってことで、できればもうちょっと真剣なほうがいいですけど」

「だろ。だから困ってるんじゃないか」

翼の唇に、ついつい目がいってしまう。それほどしたいなら、キスのひとつぐらいはしてやってもいいだろうか。たかがキスひとつ、拒んだら傷つけてしまうだろうか。ファーストキスというわけでもないし……ああ、ファーストキスは直哉とだったんだよなあ、俺は好きな男とキスはできない運命なんだろうか。できないなら、したいという男にあげてもいいかなあ……などと考えているうちにベッドに乗りあげてきた翼に肩を抱かれた。

「迷ってるなら、なにも考えずに目を瞑っててください」

「ちょ、ま、待て」

押し倒されそうになり、慌てて抵抗する。

待てと言われて、翼は忠犬のようにぴたりと動きをとめたが、その目は必死だ。熱っぽい視線に耐えられず、大和は目をそらした。

「キス、だけだよな」

「はい」

肩をつかむ翼の手に力がこもる。

「……ちょっと、くっつけるだけだぞ」

流されている自覚はあった。ほだされて流されてしまうかもしれないと、過去に予想したとおりの状況である。

翼の顔が近づいてきて、すこしかさついた唇がふれる。翼がものすごく興奮しているのが伝わってきて、油断していたら唇のすきまから舌が入り込んできた。

「！」

ぬるりとした感触にぎょっとして仰《の》け反《ぞ》ると、唇が離れた。

「おまえな……っ」

睨むと、翼がいたずらっ子のように笑う。

「すみません。ありがとうございましたっ」

翼はそれ以上強引にすることもなく、照れ笑いを浮かべて頭をさげた。そしてすぐにばたばたと部屋から出ていった。

「…………」

好きでもない男と、またもやキスしてしまった。

大和は気力を吸い尽くされたような気分でベッドにうつ伏せに倒れた。

酔ってないぶん、直哉としたときよりも生々しく、唇の弾力や立体感を感じられた。

ふれあった唇を、そっと指でなぞってみる。それから手の甲で乱暴にこすった。

——章吾とのキスだったらよかったのに。

いくら願っても、章吾とキスができるのは夢の中だけ。

「夢だけ、か……」

夢でも、章吾としたときはとても幸せな気分になれたのに。

翼とのキスは嫌ではなかった。だが、ときめくこともなかった。

自分も新しい恋に踏みださなきゃと思った矢先だが、恋は理性で踏みだせるものではなさそうだった。

六

章吾《しょうご》の話をするなと怒って以来、直哉《なおや》との仲はいっときギクシャクしたが、一週間も過ぎた頃には元に戻っていた。気持ちを誤解されていたことについても、おまえには惚《ほ》れていないともういちどはっきり伝えてあり、その後は平穏に過ぎていた。

「最近、章吾が冷たいんだよね」

事務所で記録をしていると、直哉が携帯をいじりながら愚痴をこぼした。

「ぼくに関心を示すのは大和《やまと》の話をするときだけでさ。元々、本命がいるとは言われてたんだけど、どうしたら一番になれるか——……あ、ごめん」

章吾の話はするなと言われていたことを思いだしたらしく、そこまで喋《しゃべ》って、しまったと言うように口を閉ざした。

「ごめんね。つい、また喋っちゃった」

「いや……」

——本命?

本命ってなんだろう。そんな話は初耳だった。

章吾は好きな人がいるのに直哉とつきあっているということだろうか。そして直哉もそれをわかった上でつきあっているのか？

気になったが、尋ねたりしたら聞きたくもないエッチの話まで聞かされそうで、大和は聞き流した。

たとえほかに本命がいたとしても、かわいくもない自分には関係ないのだ。

直哉と章吾がつきあいはじめてそろそろ三ヶ月近くになる。三ヶ月と続かないという章吾にしては、非常に長く続いている。

直哉は最近冷たいなんて言いながらも、携帯をいじっている。ということはなんだかんだ言いつつも、いまも章吾から連絡がきているのだろう。大和は直哉の携帯を眺め、同時に自分のズボンのポケットに入っている携帯を意識した。

連絡があるだけいいじゃないかと心の底で思った。

大和の携帯に章吾からの連絡が最後に届いたのは、二ヶ月も前だ。

居酒屋に呼びだされ、直哉にキスした件について問い詰められた、あれ以来連絡が途絶えている。

これまではどれほど忙しくても月にいちどは章吾から連絡がきていたのに、二ヶ月音沙汰《おとさた》がない。

まだ怒っているだろうか。それとももとっくに愛想をつかされただろうか。

そばにいたいから想いを隠してきたのに、もう、友だちとしてもそばにいられなくなっただろうかと、このところ胸に住みついている不安と焦燥が騒ぎだす。

――連絡してみようか。

章吾はなにを考えているのか。このまま待っているのは不安が増すばかりだ。

会いたい。声が聞きたい。だけど。

章吾が社会人になってからは気を遣って、大和のほうから会おうと誘ったことはなかったため、いざ連絡しようと思うと身構えるような気持ちがある。連絡が途絶えた事情を思えば冷たく拒絶される可能性は高く、勇気がいった。そっけない対応をされたら、立ち直れるかどうか。

とはいえこのまま疎遠になるのは嫌だ。

大和はポケットの上から携帯を握り締めた。

翼を見習って行動しよう。告白するわけじゃない。たかが電話一本ごとき、悩むほどのことではない。友だちならふつうのことだ。そう気持ちを奮い立たせ、夜になるのを待った。

夕食を済ませて自室へ戻り、そろそろ電話を入れてみようかと考えていたとき、携帯にメールが入った。

なにげなく見れば、章吾からだった。

ひと言、「会いたい」と書かれている。

「…………」

大和は携帯を胸元で握り締めて、目を瞑った。章吾からのたったひと言に、泣きたいほどの安堵《あんど》が胸に広がる。

しかしその直後に不安が押し寄せた。連絡をくれた理由はいつもの酒の誘いではなく、また直哉が妙な発言をしたせいだったりしたら。

急いで電話をかけると、三回ほど呼びだし音が鳴ったあとに章吾が出た。

『もしもし、大和か』

「……メール、見たんだが」

『ああ。このところ仕事が忙しくてさ、時間とれなかったんだけど、ようやく息がつけそうだから』

答える声は明るく軽快で、怒っている様子はなかった。

『おれんちで映画でも観ないか』

「……それだけか？」

『ああ。なんで？』

屈託なく逆に訊《き》き返されて、大和は電話だというのに見えない相手に首をふった。

「いや。なんでもない。で、いつだ」

『週末が空いてるんだけど、おまえは？』

「土曜日ならだいじょうぶだ。午前中に仕事が入ってるけど、午後には終わると思う」

『オッケ。それじゃあ——』

直哉に関するいざこざなどなかったかのような、それまでどおりのやりとりをかわして簡潔に通話を終えた。

緊張して身構えていたぶん、肩透かしを食らった気分だ。大和はぼんやりと通話の切れた携帯へ目を落とした。

直哉とのキスの件については話さなかった。

章吾はなにを思っているのだろう。

気になったが、自分から言いだして険悪な空気をぶり返したくなかった。

章吾も話題にしなかったということは、水に流してくれたのかもしれないと自分に都合のいいように解釈してみる。しかし二ヶ月前に呼びだされたときも、電話では怒りを見せなかったのだ。会いに行ったら切りだされたりするのだろうか。

久々の連絡に嬉《うれ》しく思いながらも、おなじくらい不安が湧《わ》き、週末までもやもやしたりしながら過ごすことになった。

梅雨《つゆ》も明けたその日は夏本番の暑さとなって、日中は肌がじりじりと焼けつくほどだった。

仕事を終え、シャワーを浴びて汗を流してから大和は章吾のマンションへむかった。

章吾は昔から、大和を自宅へ呼びたがらない。月一で会うときももっぱら居酒屋などの外で会うことが多く、自宅に招かれるのは半年か一年にいちど程度だった。そして自宅に招かれたときはたいがい、ホラー映画を観ようと誘われる。

「よお」

インターホンを鳴らすとまもなく扉が開き、章吾が出迎えた。

「あがってくれ」

直哉のキスの件などなかったかのように、屈託のない笑顔をむけられる。久々に会い、その男の色気に満ちたまなざしを目にしたら、それだけで、身体《からだ》中の血が沸騰しそうなほど沸き返ってしまった。緊張でこわばっていた心臓が、鳥のさえずりのようにキュンキュンと鳴りはじめてしまう。

やっぱりどうしようもなくこの男が好きだと自覚してしまい、心が疼《うず》く。

翼《つばさ》とは違う。この感情は理屈では片付けられない。

「外は暑そうだな」

「ああ。家の中は涼しいな。外に出られなくなる。あ、これ、つまみと夕食」

「さっすが、気が利くね」

途中で買ってきた食材の入った紙袋を章吾に渡し、居間へ入る。引越し後、初めての訪問である。引越し時とは若干室内の様相が変わっていて、この部屋での生活に落ち着いてきた雰囲気が窺《うかが》えた。

それはいいのだが、ソファの後ろの壁の、部屋で一番目立つ場所に大和のレースのタペストリーが飾られていた。過去にあげたちいさな作品も棚に飾られている。

大事にしてもらっているようで嬉しいが、ちょっと目立ちすぎではなかろうか。

直哉にもレース編みの趣味は内緒にしていて、家にあるものは母親の形見だと告げている。

母親の形見を友だちにあげたのだろうかと変に思われないだろうか。

「なあ。これ、飾ってくれて嬉しいんだが、もうちょっと目立たないところにしないか」

オープンキッチンから章吾が返事をする。

「なんで。恥ずかしがるなよ。もっと誇れよ」

「だけどさ……直哉も見るだろ」

「直哉に見られたら困るのか」

「困るって言うか……まあいいけど」

せっかく褒めてくれるのに、隠せというのもどうかと思い、言葉を濁した。

章吾たちがつきあいはじめて三ヶ月。直哉もなんどもこの部屋に足を踏み入れているだろうに、このタペストリーについて、彼は大和になにも言ってこないのだ。ふしぎに思うが、直哉もかわいいとはいえ男だ。友人宅の作品に類似していることに気づかないのかもしれない。大和の家の作品も、新作が飾ってあっても、誰《だれ》ひとりとして男たちは気づかないのだから、そんなものなのだろう。

そんなふうに自分を納得させていたら、章吾がつけ加えるように言った。

「直哉なら、ここには来ないから見られることはないぞ」

「あ、そうなのか？」

「ああ。彼とは外で会うことにしてるから」

「へえ……」

部屋に来たことがないなら、タペストリーの話題が直哉から出ないのは当然だった。それにしても、つきあっているのに部屋に呼ばないなんて不自然なように思える。

べつにふたりの事情を踏み込んで訊きたいとも思わないので、大和は話を変えた。

「章吾。仕事、大変だって言ってたな」

「ああ。最近ほんっとにくたくた。時間はもちろん、気持ち的にも余裕がなくて。でも一段落着いたから、近々、またカラオケ行って発散しような」

「そうそう。忙しかったんじゃ知らないか。例の歌手、来月新曲をリリースするぞ」

「うお、まじか」

「『おまえの脱いだ靴下』だってさ」

「そのタイトル、どっかで聞いたな。たしか、朝の連ドラの主題歌に決まったんじゃないか」

「そう。それだ」

大和はソファにすわり、キッチンにいる章吾を横目に見た。

渡された食材を袋からとりだした際、惣菜のソースがついたのか、親指を無造作に舐《な》めている。その仕草がまた男の色気を感じさせる。

「お。生春巻きも買ってきてくれたんだ。ビールあるけど飲むか？」

「まだいい。ウーロン茶くれ」

以前となんら変わらぬ会話が続き、ほっとする。映画の誘いは口実なのではという一抹《いちまつ》の不安が拭《ぬぐ》えなかったのだが、二ヶ月前のような硬い雰囲気はない。大和の目には人類を超越したように映る色気も健在だ。まだ友人としてそばにいられるのだと安心し、ようやく肩の力を抜くことができた。

ソファの前にあるテーブルにはＤＶＤのケースが置かれていた。今日はこれを観るのかと、手にとってみる。

「『配達物』？」

映画のタイトルを読みあげる。

「そ。今日は和物な」

「……へえ」

「嫌じゃないだろ？」

「いいけど」

飲み物やつまみを準備した章吾がＤＶＤをセットして、大和のとなりにすわる。大きなソファではないから、男ふたりですわると肩がふれあいそうになった。あまりの近さに意識してしまう。

いつぞやのようにハグされたりしたら——などと、つかのま夢の世界へ行きかけた大和だったが、直哉の顔を思いだして、すぐに戻ってきた。

そもそも章吾がハグしてきたりするのはごくまれなことで、戸外ばかりだ。なぜか知らないが、家の中でじゃれついてくることはなかった。

「やー、楽しみ。ひまがなくてずっと我慢してたんだけど、このところがんばったからね。自分へのご褒美さ。もうさ、禁断症状が出そうだったよ」

ホラー好きの章吾がうきうきと言う。

「そんなに好きかよ」

「ああ。好きだ——すごく」

ふいに章吾が低い声で言った。そのセリフと真摯《しんし》さに不覚にも胸を射貫かれ、はっとして顔を見たら、章吾はいつもどおり飄々《ひょうひょう》とした様子で画面のほうへ目をむけていた。

「……ホラーのことだよな？」

「もちろん。なんで？」

「いや」

どきっとしてしまった自分がばかみたいだ。

「……直哉と観ればいいのに」

大和は章吾には黙っているが、本音はホラーが苦手だったりする。洋物のスプラッタ系やパニック系はまだましだが、静かな恐怖を煽《あお》る和物はとくに苦手である。観終わったあとに妄想が膨らんでしまって恐怖が倍加してしまう。

章吾との距離やセリフに動揺したせいもあり、ついぼやくようなことを言ってしまったが、章吾は大和の内心など気づかぬようにリモコンを操作している。

「あいつは怖がるから」

「……へえ」

それは初耳である。直哉はけっこうホラー好きだったと記憶しているのだが、章吾の前ではそんなふうに言っているのだろうか。

わざわざ訂正するのもどうかと思い、黙っておくことにした。

「おまえは平気だろ。こんなの怖がるの女子供だけだって昔から豪語してるもんな」

「……平気だけどさ。どっちかっていうと、俺は洋物のほうが好きだ」

「そうだったな。まあ、今日はこれ借りてきちゃったから許してくれ」

本当はまったく平気ではない。ホラー映画を観た夜は怖くてひとりで眠れなくなるほどだ。それなのに隠しているのはもちろん、黙っていれば章吾に誘ってもらえるからである。

室内の照明を落とし、ソファに並んで観はじめる。最初のうちは肩がふれそうになることに気がいったりしていたのだが、次第に話に引き込まれ、恐怖に飲まれていった。

とにかく怖くて、しょっちゅう目を瞑《つむ》ってしまったり、効果音にあわせて身体を震わせてしまう。なぜこんなものが世の中にあるのだろうと製作者を恨みたくもなってくる。

どうせ暗いのだから観ていなくても章吾には気づかれないだろうが、それだとあとで感想を話せなくなるから、がんばって画面に目をむけた。手には力が入ってしまい、太腿《ふともも》ごとジーンズをきつく握って耐えた。

いっそとなりの男の胸に抱きついてしまえればすこしは楽なのかもしれないが、そんなまねをして許されるのはかわいい子だけなのだ。直哉だったらかわいいだろうが、自分が怖がっていたりしても、気持ち悪がられるだけだ。

ならば、せめて手を握ること——は、無理ムリむり。もっと無理だ。こんな汗まみれになってしまった手のひらを、好きな人にさわられたくない。うわーべたべた、とか思われたくない。

というか、恐怖で一瞬忘れてしまったが、いまの章吾は直哉のものだった。下心を持って接触を試みるのはよくない。

そんなことを思いつつどうにか耐え抜き、映画鑑賞という名の拷問の時間は終了した。

「いやー、よかった」

照明をつけると、章吾は本当に嬉しそうに満面の笑顔をしていた。あんな後味の悪すぎる結末のどこがよかったのか大和にはさっぱりわからない。

「そ、そうか？　大したことなかったように思うぞ」

「箱から生首が転がり落ちてくるところとか、演出に迫力あったじゃないか」

怖すぎて、思わず章吾に抱きつきそうになったがどうにか耐えた辺りだ。主人公がうっかり箱を落とした場面。自分は、章吾への気持ちを転がり落とさないように、しっかりと鉄の箱に封印しておかなければいけないなとか、関係ないことを考えて気を紛らわせていた。

「あー……そうかもな。俺は仕事柄、あんな荷物の持ち方をしちゃいかんなとか、そっちに気をとられてたかな……」

「そうか。いやーしかし、これだからホラーはやめられないよなー」

章吾が機嫌よく立ちあがり、キッチンへむかう。食材を冷蔵庫からとりだしはじめたので、大和もそちらへ移動した。

てきぱきと立ち働くその広い背中を見て、かっこいいなあ……とひっそりとため息をつい

てしまう。ホラー映画を観たあとで、いつもよりいっそう頼もしく見える。

キッチンのカウンターに腰かけて食事をしながら映画の感想を語りあい、あらかた話し終えると、話題は互いの仕事や近況へと移った。

「そういえば大和は最近も風俗に行っているのか？」

となりの椅子《いす》にすわる章吾がビールをひと口飲んでから尋ねてきた。章吾の長いまつげにうっとりと見惚《みと》れていた大和は突然の質問に内心うろたえた。

「なんで」

「なんだったかな。直哉と話してたときにさ、なにかの話の流れでたまたまそんな話題が出て、おまえの風俗通いのことを言ったら、大和が風俗に通ってるなんて聞いたことがないって直哉が言うから」

「おまえら、人のことを……どんな話してんだよ」

「そりゃ共通の友人なんだから話題に出るのも多くなるもんでしょ。諦《あきら》めてくれ」

「ったく」

「直哉には隠してたのか」

風俗通いなんてものは、本当はしていないのだから直哉が知るはずがない。大和は章吾から目をそらしてグラスにビールを注いだ。

「隠してたっていうか……。風俗好きですなんて、誰にでもおおっぴらに言える話じゃないからな」

「で、行ってる？」

「最近は面倒臭くて風俗通いはしてないな。金もないし」

いつのまにか笑みを収めた章吾が、ふうん、と低く呟《つぶや》いてグラスを傾けた。

つかのま話題が途切れ、大和は頭をめぐらせた。

せっかく久しぶりに会えたのだから楽しい会話をしたいはずなのに、思いつくのは直哉に関することばかりだった。キスの一件はどう思っているのか。水に流していいのか。なぜ直哉とは長続きしているのか。直哉はいままでの恋人とどこが違うのか。これからもずっとつきあっていくつもりでいるのか。

聞いてどうする、という問いばかりだ。そんなことを訊いたら、そんなに直哉が好きなのかと思われるだけだ。

そう。章吾には、直哉が好きなのだと思われたままなのだ。

大和はビールで唇を濡《ぬ》らし、胸につかえていた靄《もや》を吐きだすように吐息をついた。

「直哉とは、続いてるんだな」

けっきょく直哉のことが口をついて出てしまった。

「そうだな」

章吾も息をついてグラスを置いた。すると、その色っぽい瞳《ひとみ》がふいに色彩をなくした。代わりにほの暗い光を帯び、ゆっくりと大和にむけられる。

「……大和。いちおう言っておく」

二ヶ月前の居酒屋が再現したかのように、刺々《とげとげ》しい空気が場を支配しはじめる。

「あいつを手放すつもりはない。……おまえには渡さない」

いつもより一段と低い声には確固とした強い意志が込められていて、その宣告は大和を残酷に突き放す。

以前のように笑いあえていたから、元に戻ったようなつもりでいた。だが、やはりなにもなかったことにはならないのだと痛いほどに実感し、泣きたいときのように鼻の奥がわずかにつんとした。

「……べつに。とるつもりはない。わかってるから……、言わなくていい」

三ヶ月以上続いたことがなかったのに、直哉とはもうすぐ三ヶ月が過ぎる。しかも飽きた様子もなく、相当入れ込んでいることは容易に知れた。

章吾の詳しい恋愛事情は知らないが、これまでの相手とは、直哉は一線を画している。初めは軽いお試しから、などと言っていたが、もう、そんな段階は過ぎているのだろう。

きっと大和が夢見る本物の恋人の絆《きずな》をふたりは手にしたのだ。祝福してやるべきなのだろうが、胸がしくしくと痛んだ。同時になにをいまさら傷ついているんだと自嘲《じちょう》気味に思う。

本気だろうが遊びだろうが、自分との関係が変化するわけでもないのに。

章吾のことが本当に好きだから、その幸せを願い、いっしょに喜んでやりたいものだと思う。ついに本気になれる相手が現れたのだから応援してやりたい。その気持ちに偽りはないのに、狭量な自分の心にはそればかりではなく醜い感情も潜んでいる。

自分のものにならないとわかっていても、ほかの誰かのものにもなってほしくないのだ。こんなゆがんだ独占欲を抱いているようでは、章吾だって自分を好きになるはずがない。

それに比べて直哉の天真爛漫《てんしんらんまん》でまっすぐな性格は大和も好ましく思っている。章吾が惹《ひ》かれるのも当然だった。

直哉は、最近章吾が冷たいなどとぼやいていたが、ちっともそんなことはない。章吾はこんなに気にしているのだ。冷たく感じられたのは、きっと単純に仕事が忙しかっただけなのだろう。

内心では落ち込んでいながらも外見上は平然とした顔をとり繕ってしばらく沈黙していると、章吾が長めの髪をかきあげて、不機嫌そうに口を開いた。

「なあ大和。もうひとつ聞いたんだけど」

深刻な空気を引きずったままの質問に、大和はにわかに緊張する。

やっぱり、また直哉が妙なことを言ったのだろうか。ほかにもなにか誤解されているのだろうか。そう思って身構えたのだが、予想したものとは違った。

「最近、おまえに入れあげてるガキがいるんだって？」

ガキ——翼のことだろう。直哉と翼の顔が同時に頭に浮かび、大和は軽く笑った。

「はは。直哉に聞いたか。ほんとにお喋りだな」

翼とのことは直哉には言っていないが、翼がなにか漏らしたか、あるいは雰囲気で察したのだろう。

否定せずにいたら、章吾が身を乗りだしてきた。

「どんなやつ」

「いい子だな」

「男だろ」

「男だな」

「……けっこういい雰囲気らしいじゃないか」

章吾が探るような目をむけてくる。風俗通いをしていたノンケの男のはずが、自分の恋人に手をだしていたり仕事仲間と噂《うわさ》になっているなんて耳にして、疑心暗鬼にでもなっているのかもしれない。

的外れな誤解ばかりでなんだかおかしくなって、大和は声をださずに笑った。

「……否定しないんだな。まさか、もうそういう仲なのか」

「キスはしたな」

からかいたくなって、にやりと笑いながら言った。とたんに章吾が信じられないというように顔色をなくした。

「……。うそだろ」

「本当なんだこれが。って言ってもそれだけだけどな」

「……なんで……」

呆然《ぼうぜん》とした面持ちで呟いた章吾の言葉が聞きとれず、え？　と訊き返すと、いきなり腕をつかまれた。

「痛……」

「なんでだよ」

尋ねる声はかすれ、こわばりすぎて震えていた。

「なんでって、なにが……」

見つめてくるまなざしが怖いほど睨《にら》んでくる。その顔色は青ざめ、心底から怒った顔をしていた。

つかまれた腕が痣《あざ》になりそうなほど痛かったが、訴えられるような雰囲気ではない。

「男は……男はだめなんじゃなかったのか」

章吾が急に感情のコントロールができなくなったように声を荒げた。

「男はだめだってあれほど言ってたのに、直哉といいそいつといい、なんでだよ！」

唐突に感情をぶつけられ、大和は首をすくめた。

自分のなにが章吾の逆鱗《げきりん》にふれたのかわからず、混乱しながら首をふる。

「……いや、だからまだつきあってるわけじゃなくて……」

「まだってことは、つきあうかもしれないのか」

「……んなこと、わかんないけど……」

「どんなやつだよ。会わせろよ」

奥歯を噛《か》み締める音が聞こえそうなほどきつく唇を引き結び、真正面から鋭く睨まれる。

その激しい怒りに、なぜ、という疑問が浮かぶ。

翼とキスしたことで、なぜそれほど怒るのか。

——まさか……嫉妬《しっと》だろうか……。

これではまるで、自分のことが好きみたいじゃないか……。

そんな思いがよぎったが、そのはずはないとすぐさま打ち消した。直哉に夢中だという話をついいましがた聞いたばかりである。妄想のしすぎでついつい自分に都合のいい思考回路になってしまうが、現実的にそんなわけがない。自嘲して、頭をめぐらす。

きっと、なにか事情があるのだろう。気持ちが落ち着いたらわけを話してくれるかもしれない。いまは刺激しないほうがよさそうだと判断し、大和はなだめるように頷《うなず》いた。

「とにかく……腕、痛いから離してくれ……」

やんわりとした口調で訴えると、章吾が「ああ」と口の中で呟いて手を離し、視線をもぎ離すようにして顔をそむけた。

胸にものがつかえたような気まずい空気が流れる。章吾が話しだすのを黙って待っていたのだが、いっこうに口を開かず時間ばかりが過ぎていく。わざとらしくほかの話題をふる気にもならず、大和はグラスに残っていたビールを飲み終えて立ちあがった。

食べ終えた食器を食洗機に放り込むと、顔をあわせようとしない章吾の背中に大和は遠慮がちに声をかけた。

「……風呂、借りるぞ」

「ああ」

「泊まっていっていいんだよな」

「ああ」

章吾の荒れようからすると、今日は帰ってくれと言われるかもしれないと思っていたのだが、すんなり受け入れられた。

映画を観た日、大和が泊まっていくのは何年も前からの習慣となっていた。ひとりで帰れないほど怖いからだが、その理由を章吾に話したことはないし、訊かれたこともない。

気まずい雰囲気になってしまったから帰ったほうがいいのかもしれないが、怖くて帰れない。暗い夜道をひとりで帰るぐらいなら、不機嫌な章吾といっしょにいたほうがよかった。

脱衣所に入って、服を脱ぐ。章吾のことを考えながら、視線は自然と洗面台にむかった。

棚に置いてあるのは章吾の洗面用具や整髪剤ばかりだ。恋人がよく泊まりに来る男の家には歯ブラシなどの日用品が余分に置いてあったりするものだが、直哉の影は見当たらなかった。本当に直哉はここには来ていないらしい。

以前のマンションにいた頃も、章吾の恋人の影を感じさせるものは室内にはなにひとつなかった。引越しのときも、それらしきものを発見することはなかった。

章吾のまわりには、ちょっと不自然なくらい恋人の痕跡《こんせき》がない。章吾がそんな感じだから、恋人がいるようでもどこか漠然としていて、自分ものん気に妄想できていたんだよなあと思う。

シャワーを借りて、居間へ戻った。しばらくすれば章吾も元に戻るだろうと思っていたのだが、寝る支度を終えても章吾の機嫌は直らず、目をあわせようとしなかった。それでいて大和が横をむいていたりすると、思いつめた表情で見つめてきたりする。気づいていたが、大和はそ知らぬふりをした。事情を打ち明けてくれるまで待つしかない。

いつもならばだらだらと夜更けまで語り明かすのだが、今日はそんな雰囲気でもなく、このままソファで寝てしまおうかと考えていたら、風呂から出てきた章吾が髪を拭《ふ》きながら言った。

「大和。寝るなら、布団敷いたけど」

「え。どこに」

「となり。居間は散らかってるから」

寝室と居間はスライド式の引き戸で区切られており、章吾が戸を開くと、壁側にあるベッドの手前に布団が敷かれていた。大和がシャワーを浴びているうちに敷いていてくれたらしい。

「ソファでよかったのに」

「狭いだろ」

なし崩し的に居間で雑魚寝《ざこね》するのではなく、改まって寝室で寝るとなると変に意識してしまうので遠慮したいのだが、せっかく準備してくれたのに頑《かたく》なに拒むのもおかしいので、そちらへ移った。

大和の背後で、章吾が戸を閉める。

こうしてふたりで寝室へ入る瞬間は、なにかを期待するように緊張してしまう。とくに今日は新居への初めてのお泊まりで、嬉しいような気恥ずかしいような、落ち着かない気持ちになってしまう。

このあと突然抱きしめられちゃったりしないだろうかとか、電気が消えたあとに押し倒されちゃったらどうしようとか、お約束のようにひと通り妄想してしまうのだが、もちろんなにも起きないことは重々承知している。酒に酔っていても、いっしょに寝ても、章吾が自分に手をだすことはありえないことだと、十年の過去が証明している。

ちなみに恋人がいないと知っているときだと、寝ているあいだにこっそりほっぺたにさわっちゃおうか、いや起きたら困るしそれは無理、だめだ、だけど……などと悶々《もんもん》と興奮して寝つけなくなったりするのだが、いまの章吾には直哉がいるので、自分から行動を起こす妄想は自主規制中である。そういうことを考える気分になれない。

「かけるものはそれでいいか」

「ん」

大和は布団の上に腰をおろした。

章吾のベッドはダブルベッドだ。それは引越しのときから知っていたし、運び入れたときはなんとも思わなかったのだが、夜の間接照明の明かりの元で見ると、乱れたままのシーツに生々しさを覚えた。直哉はここには来ていないという話だが、それ以前の恋人とは、このベッドで抱きあったりしたのだろうかと下衆《げす》な想像が勝手に浮かんでしまう。ついでに直哉とはここで抱きあってなくとも、よそでエッチしてるんだよなと思ったりもして、勝手に落ち込んでしまった。

「電気、消すぞ」

話しかけてはくるものの、章吾はこちらを見ようとしない。先ほどまでの気まずさは続いていた。大和はベッドから目をそらして床の布団に横になると、明かりが消え、章吾がベッドにあがる音が聞こえた。

暗く静かな室内に空調の音だけが響き、耳につく。さっき観たホラー映画でも似たようなシーンがあったな、などと思いだしたらもうだめだ。恐怖が押し寄せてきて目が冴《さ》えてしまった。

章吾が直哉を抱く光景と、映画の生首が順番に脳裏を巡って、どうにも眠れそうになく、そろりと布団を抜けだした。

買ってきたものの、手をつけなかった焼酎《しょうちゅう》があったはずだと思いだしたのでキッチンへ行き、ストレートですこしだけ飲んだ。

そのお陰で布団に戻るとすぐに寝つけた。しかし寝酒であり、また、湿度の高い夜だったので空調が効いていても寝苦しく、眠りが浅かった。そのせいか、妙な夢を見た。

章吾に身体をさわられる夢だ。頭から、頰《ほお》。それからゆっくりと手が下へおりていき、服の上から肩を撫《な》でられる。

目覚める直前なのだろう、眠っていても、ああこれは夢だと頭の片隅でわかっていた。またあの夢を見てしまったと思った。徐々に意識が浮上しているようで、初めのうちは幸せな気分だったのだが、このままではいつぞやのように夢精してしまうのではと気づいて早く目覚めなければと焦りはじめた。

章吾の寝ているとなりで夢精なんてとんでもない。そんなことになったら顔をあわせられなくなる。

やめてくれ。

章吾の影を払いのけるように、大和は夢の中で腕をふった。

夢の中で、腕をふったつもりだ。

しかし、実際になにかにぶつかったような感触を腕に覚えた。

——なんだ？

章吾の影は、いったんはさわるのを中断したものの、ふたたびふれてくる。夢だと思い込んでいたが、目覚めが近づくとともに、夢にしては感触がリアルすぎるように思えてきた。

「……？」

本当にさわられている気がする。全体的に重苦しさも覚えながら目を覚ますと、目の前に人の顔があった。

夢に見た光景そのままに、仰《あお》むけの身体の上にのしかかられている。

「え、ちょ……っ？」

部屋は暗くて相手の顔が見えず、寝ぼけた頭はパニックに陥りそうになったが、章吾以外の人物はここにはいないはずだと思い、確認のつもりで名を呼ぶ。

「……し、章吾？」

カーテンの隙間《すきま》から漏れるほのかな明かりから、不審者の輪郭がぼんやりと見えた。表情まではわからないが、やはり章吾だ。

「なんで……、なにやってんだよっ」

押しのけようとしたが、手足を押さえられていて動けない。

「おい。寝ぼけてるのか？　直哉と間違えてるのか」

相手が黙っているのが不安を煽る。もしやまだ夢の続きなのだろうかといまいち覚醒《かくせい》しきらない頭で思いながらわめいていると、かすれた声が耳に届いた。

「間違えるわけ、ないだろ」

妙に熱を帯びた章吾の声が、暗闇《くらやみ》に響く。

「おれが、おまえを間違えることなんか、あるわけない」

もういちど、言葉を区切るようにはっきりとくり返された。

「じゃあ、なんで」

「………」

「とにかく、どいてくれ」

「嫌だ」

「な、なんで……」

とまどって尋ねても、章吾は黙ってしまって返事が返ってこない。

は、と興奮をこらえるような吐息だけが空気を震わせる。

「悪い……もう、限界なんだ」

腕をつかむ章吾の手に、力がこもる。

「限界って、なにが」

「おまえのそばにいることが」

その言葉に心臓がすくんだ。

限界だと言わせるほど、自分が章吾になにかを耐えさせていたとは心外だった。よほど怒らせることをしでかしただろうか。もう親友を続けられないほどのこと——それはやはり、直哉とのキスのことだろうか。しかしそれは二ヶ月も前のことで、いまさら暴力をふるわれるのもしっくりこない。わからなくて、恐る恐る尋ねた。

「どうして……俺、おまえになにか、悪いことしたか」

「そういうことじゃない」

章吾が苛立《いらだ》たしそうに首をふる。

「じゃ、なんで……」

「なんでって、この状況でどうしてわからない？　襲われてることぐらいわかれよ」

「襲わ……」

言われて初めて気がついた。そうか。これは襲われているってことなのか。

——って、え？　それってどうして。

混乱している大和の頭を、章吾の声が弾丸のように打ち抜いた。

「——好きなんだよ……」

食いしばった歯の隙間から漏れたような、苦しげな声だった。

「そばにいると、こうして襲いたくなるぐらい、おまえのことが……」

大和はぼんやりと闇の中の顔を見返した。

「……え……」

好き、と聞こえた。たしかに聞こえた。

しかし意味がわからない。聞き覚えのない外国語が耳から耳へ通りすぎていった感覚だった。

まだ寝ぼけているせいだろうか。理解が追いつかない。

「出会ってから、ずっと好きだった」

今度も、はっきりと聞こえた。急速に目が覚めて息がとまり、数秒、時間もとまったかのような錯覚を覚えた。

「十年前から、おまえが好きだったんだ」

章吾が自分を好きだと言っている、らしい。

好きだとくり返されて、どうにかそれは頭に入ってきた。しかし言葉の意味を理解したらますます混乱してしまった。

「十年前から……？」

「ああ」

「章吾が、俺を？」

そんなわけがなかった。

十年前から好きだなんて、そんな話は聞いたことがない。章吾の態度は一貫して友人に対するもので、それらしきそぶりを感じとれたことはなかった。もしそれが本当だと言うならば、いままでつきあってきた恋人たちはどう説明すればいい。かわいいタイプばかりで大和とは正反対ではないか。いま現在だって直哉というかわいい恋人がいるのに。

章吾に好きだと言われるのは散々夢見てきたことだが、現実世界ではありえないことなのだ。

信じられるわけがない。目覚めたつもりだが、もしかしたらまだ夢の中にいるのだろうかとぼんやりと思った。願望が夢になったのかもしれない。覚めると虚《むな》しいだけだから、早く目覚めたいかも。そんなことを思いながら、大和は真上にある章吾の瞳を見あげた。

「意味がわからないんだが……おまえ、俺が誰だかわかってるか？　酔ってるだろ」

「たしかに酒は飲んだが、酔ってるからこんなことを言ってるわけじゃない」

「……ええと……俺が酔ってるのか……？　電気つけていいか」

「だめ」

ぐっと顔が近づいてきて、大和はとっさにあらがった。

「いや――いや、あのな、ちゃんと説明してくれ」

上から押さえつけられている不利な体勢だが、仕事柄力はあるし、体格も章吾とほぼ互角だ。ぐぐ、とお互いに押しあったら力が拮抗《きっこう》し、至近距離から見つめあった。

「説明？」

「そうだ」

「さっきから好きだと言ってるだろう。ほかにどんな説明がいる」

「だっておまえ、直哉は？　好きなんじゃないのか？　手放さないって、あんなに強く言ってたじゃないか」

「それはおまえが直哉を好きかもしれないと思ったから、頭に血がのぼってつい言っちゃったというか……。おれが別れたら、くっついちゃうかもって思って……最低な思考なんだけど」

すぐに理解できず、大和は眉《まゆ》を寄せた。

「どういうことだ」

「我ながら最低なんだけど、いままでつきあってた子は、おれにとっては、まあ、なんだ……セフレみたいなもんなんだ。直哉もそう。おれには本命がいるから、そんな感じのつきあいになるけどいいかって本人には最初に断ってるけど」

章吾はいままで『軽いつきあい』という言い方をしていた。それはつまり、セフレのことだという。

「なんで、セフレなんて……」

「暴走しておまえに手をだしたりしないようにするためだろ。おまえ、ノンケだって言うし、脈ないから。諦めようとなんども思って、そのためにほかの子とつきあってみたりしたけど、諦められないし」

「本命って……」

「おまえのことだ」

大和はぼうっとしてまばたきした。

「……俺」

「そう」

「からかってるのか？」

「からかってなんかいない。本気だ」

「……直哉は」

「だから、直哉じゃない」

なんどもくり返される大和の質問に、章吾は辛抱強く答える。

「おれが本気で好きなのは、十年前からおまえだけだ。ノンケだと思ってずっと我慢してきたのに、いまになってほかの男とキスしたり……つきあいそうなことを仄《ほの》めかしたりするから……」

だから、耐えられなくなったという。

本気で好きだと言う。

——本当なのだろうか。

本当ならばこれほど嬉しいことはないが、これまでの章吾の恋愛事情を知っている身としては、素直に信じ難いものがある。

「その……す、好きっていうのは……、抱きたいとか、抱かれたいとか、そういう意味なんだよな？」

「この状況でそれ以外になにがある。俺は、おまえを抱きたい。死ぬほど抱きたい」

息もふれあうほどの距離から、熱くささやかれた。

「クソガキなんかに抱かれるぐらいなら、俺に抱かれろ」

見おろしてくる強いまなざしに射貫かれ、めまいがする。

どうしてこうなったのか、とまどうばかりだ。だが冗談でもからかいでもなく、本気で強く求められているのは感じられた。

「俺は……おまえの趣味じゃないだろ」

「おれの趣味はおまえだ」

「いや、だけど、俺は全然かわいくないじゃないか。大柄だし、男臭い顔してるし」

「だから！　かわいい子もいけるってだけで、本当は大和みたいのがタイプなんだよ！」

どうにも信じようとしない大和の態度に、章吾が声を荒げた。

「中身はもちろんだけど、外見も、ほんとに好みなんだ。ずっと隠してきたけど、初めて会ったときからひとめ惚れだった。俺の！　って、直感したんだ」

こんなかわいくない顔が好みだなんて——。

いくらなんでもここまで自分に都合のいい話があるはずがない。たとえ百歩譲って自分のことが好きだったとしても、この男っぽい外見が好みだなんて信じられなかった。なにか裏があるんじゃないかと疑いたくなってしまう。

「それはうそだろ」

即行で否定すると、章吾がムッとする。

「なんでだよ」

「いや、だって……いきなりすぎて……」

うまく説明できなくて、大和は口ごもった。

「いきなりなのはクソガキのほうだ。おれは十年前からだぞ。ひょっこり出てきたハナタレなんかに、誰が渡すか」

章吾は不機嫌そうに呟くと、興奮した気持ちを落ち着けるようにひと息つき、大和の身体を解放した。それから身を起こして胡坐《あぐら》をかく。

大和も気後れしつつ、そろりと身を起こした。部屋の暗さに目が慣れて、身体が離れても、章吾がまっすぐにこちらを見ているのがわかった。

章吾がすこしだけ落ち着きをとり戻したように、口を開く。

「まあ、な。急にこんなこと言われたら驚くよな。ごめん。だけど、好きなんだ。出会ってからずっと、知れば知るほどどんどん好きになった。見た目も、性格も、全部好きだ。なにもかも、すごく惚れてる」

これまでかわいい子ばかり選んでいたのは、下手に大和に似たタイプだと本物の大和との違いが気になってしまって逆に萎《な》えるとか、なんとなく大和を汚すようで嫌だったとかなんとか言いわけが続いたが、その頃にはもう大和には許容オーバーで、あまり頭に入ってこなかった。

滔々《とうとう》と語られて、それまで意識していなかった胸の鼓動が加速しだす。

「……やっぱり、うそだろ……」

「悪いが、うそじゃない」

思わず呟いたら、色っぽく熱いまなざしとともにはね返すような即答が返ってきた。

「ノンケだと思ってたから諦めてた。強引なまねをして離れられるよりは、親友としてそばにいられたらいいと思って隠してきた」

章吾の語るその気持ちは、大和が抱《いだ》いていた思いとそっくりいっしょだった。

「だけどな。男とつきあうかもなんて話を聞いたら、黙ってられない」

「…………」

「おれ以外の男とつきあうなんて、許さない」

自分は男とつきあっていたくせに、大和にはそんなことを言う。勝手なことを言われていると思うが、それだけ求められているのだと思うと、背筋にぞくぞくと走るものがあった。そんなふうに、束縛するようなことを言われてみたかったのだ。

「好きなんだ」

章吾が誰かを口説くところなど見たこともなかったが、きっと軽いノリと気の利いたセリフで落とすのだろうと想像していた。だが実際は、無骨で直球の言葉ばかりだった。そして飾り気のない直球だからこそ、章吾の本気が伝わってくる。

「なあ大和。おれにしておけって」

くり返し口説かれ、心の壁が崩される。じわじわと章吾の言葉が胸に浸透してくる。

「本気なのか……？」

「ああ。大和が好きだ」

「俺、かわいくないぞ」

「おまえの男前な外見が、おれは好きなんだ。おまえは否定するかもしれないが、おれにはかわいいとしか思えない」

「は……」

ここまで言われては、信じないと言い張ることはできなかった。

大和の硬い無表情の仮面がとうとう剝《は》がれ落ちる。泣きそうに顔をゆがませてしまうのをこらえることができなくなった。

「本当に、俺が本命……」

「ああ、そうだ」

強い言葉に、胸がふつふつと沸騰しだす。

章吾には本命がいるとは、直哉も言っていた。

それが自分だとは……。

本当に……。

「やっぱり、顔が見えたほうがいいな」

大和の反応を知りたくなったようで、章吾が立ちあがって照明をつけた。

部屋が明るくなり、大和はとっさに俯《うつむ》き、表情をとり繕おうとする。章吾がその横に腰をおろした。

「なあ、大和」

色気垂れ流しのまなざしが、真剣さをもって大和の顔を覗《のぞ》き込んでくる。

「おまえの気持ちを聞かせてくれないかな」

「そりゃ……びっくりしてる」

「それだけか？　おれに好きだなんて言われて、気持ち悪いと思わないか？」

大和は首をふった。

「それは、ない」

「だったら……すこしは、考える余地はありそうか……？」

ささやくような声に、頭がくらくらする。高熱をだしたように頭がぼうっとして答えることができない。

「大和、教えてくれ」

「…………」

「大和」

章吾の手が、拒まれないかと不安そうに伸びてきて、大和の肩にふれた。

もちろん大和に拒めるはずがなかった。黙っていると、なにかを感じとったのか、次第に章吾のまなざしが期待に満ちてきた。

「大和……」

肩を抱く章吾の手に力がこもる。ゆっくりと身を寄せられる。覗き込んでくる顔が近づいてくる。キスされそうな気配を感じ、大和はためらいながらも章吾の胸をそっと押し返した。

「……だめだ」

「どうして。ほかの男とキスできるなら、おれともできるだろう？」

「できない。おまえとは、だめだ」

ずっと好きだった男に好きだと言われ、求められ、このまま流されてしまいたかった。しかし、受け入れることはできなかった。

「おまえ、直哉とつきあってるんだろ。俺は恋人がいる人とは、そういうことはしたくない」

章吾がどういう心境でいようとも、現在進行形で直哉とつきあっているのである。いま受け入れてしまったら浮気になってしまう。

「それは……」

章吾がぐっと詰まった。大和の肩から手を離し、考え込むように眉を寄せる。

「たしかにそういうことになるな。ちゃんと筋は通さないと、よくないよな」

苦虫を嚙み潰したような顔をして頭に手をやり、ため息混じりにぼやく。

「三ヶ月前は、こうして大和に迫ることになるとは考えてなかったからな……」

「二股《ふたまた》とか浮気とか、そういうのは俺はしたくない。するのもされるのも嫌だ。おまえにも、そういうことはしてほしくない」

「それはおれも嫌だ」

直哉とは別れる、と章吾が言う。そのきっぱりとした言葉に複雑な心境になった。

章吾はセフレと言うが、直哉はいまも章吾のことが好きなのである。それを思うと罪悪感で胸が痛んだが、だからといって、章吾の気持ちを知ったいまでは譲ることなどできそうにない。

「あいつ、俺の幼なじみなんだぞ。いい加減なふり方するなよ」

「わかってる。誰とは教えてないけど、本命がいるってことは初めから言ってあるし、その辺のことは了承してもらってるから、こじれることはないと思う。ちゃんと時間をとって話しあって、きちんと決着つける。だから、そのあとは俺のことを考えてくれるか」

「…………」

真剣に見つめてくる双眸《そうぼう》から、大和は目をそらした。

「おい。返事してくれ」

「……気持ちは嬉しいけど……」

直哉のことがクリアされたら、もうなにも問題はないはずだった。

告白されて嬉しいのに、直哉とも別れると言ってくれているのに、それでも言葉を濁している己が信じられないが、素直に頷くことができない。ずっと親友でいられるかさえ不安だったのに、つきあうなんて飛躍しすぎてついていけない。

おつきあいなんて、偉業だ。神レベルだ。章吾を満足させることなんて、いまの未熟な自分には、修行でもしない限りきっと無理だ。

なにしろ自分は交際自体、まったくの未経験なのだ。もしうまくいかなかったらどうしたらいい。友だちでもいられなくなってしまうではないか。

章吾が恋人と長続きしないことは知っている。つきあいだしたらすぐに飽きられるのではないか。だったら親友のままでもいいのではないかという気もしてくる。

迷うことはなくても迷うのが大和である。幼なじみに嫉妬して、夢に見るほど自分も抱かれたいと願っていたのに、いざその立場になったら怖気《おじけ》づいた。

石橋は、叩《たた》いても渡らない臆病《おくびょう》な性格である。前進よりも現状維持で生きてきた。単純に不安が強かった。突然言われてすぐにはいと言える心の準備はできていない。

章吾が焦ったように手を伸ばし、大和の膝《ひざ》にふれてきた。

「やっぱりおれのことは親友としか思えないか？　でもそのガキのことは、気持ちが傾きそうなんだろう。なにが違うんだよ」

「だっておまえ、つきあったら即行で別れるじゃないか」

ずっとそばにいた。これからもそばにいたいのだ。甘い誘惑にそそのかされて、三ヶ月どころか、もし一週間で捨てられたらどうすればいい。来週には過去の男になっていたりしたら。そんなのは嫌だ。

そんなことを考えたら不安が募り、大和はふたたび泣きそうに顔をゆがませた。普段の無表情とは別人のように思いきり感情をさらけだしていたが、気にしている余裕はもうなかったし、章吾にそんな顔を見せている自覚はいまの大和にはない。

「だからそれはおまえっていう本命がいるからであってだな……っ」

「そうは言っても、俺も捨てられない保証はないし」

「どうすればいいんだよ」

「そんなの、俺に訊かれてもわからない」

「おまえってやつは……」

悔しそうに睨みつけられても、うんとは言えない。

「ほんとにおれはおまえのことが好きなのに……。この部屋にも、おまえ以外入れてないんだぞ」

「……そう、なのか……？」

「そうだ。直哉だけじゃなくて、いままでの軽いつきあいの子、みんな家には入れてない」

それが章吾のルールなのだそうだ。あくまでも『軽いつきあい』だから、プライベートな領域に入れないのだという。

先ほどダブルベッドを見て嫌な想像をしてしまったが、そういう行為はしていなかったらしい。

自分は特別なのだと強調される。だが、それを聞いたからといって気持ちは変わらない。

「……とにかくまあ、クソガキにくれてやるつもりはない。なあ、じつは好きだったって言っても、おまえ、おれのことをきらいになってない……よな？」

「ああ。俺も好きだし」

好きだ好きだと言われ続けたお陰で頭のねじが緩んでしまったらしく、気がついたらこれまで厳重に隠していた気持ちをあっさり告げていた。

「へ？」

「あ」

気持ちをしまっていたのは鉄の箱のつもりだったのだが、じつは引越し用の段ボール箱だったのだろうか。あっけなく底が抜け落ち、中身をばら撒《ま》いてしまった。

大和の思い描いていた憧《あこが》れの告白シーンは背景にバラの花束を背負って、手をとりあって涙なみだの一大スペクタクルロマンスだったのに、まさかこんなまぬけな告白をしてしまうとはなんたる不覚。

当然のごとく、章吾が唖然《あぜん》と口を開いた。

「な……、直哉は？　クソガキは？」

大和は章吾とは反対のほうへ目をそらし、顔を赤くしながらも、しどろもどろに答えた。

「……べつに。俺も、その……高校の頃から、というか、なんというか……」

内心忸怩《じくじ》たる思いでいる大和の横で、章吾が石のように固まり、直後に膝立ちになった。

「だったらなんでふるんだ！」

つかみかかられそうになったが、大和はすばやくよけた。

「つきあったら捨てるからだろ」

「おまえは本命なのに捨てるわけないだろうっ。ていうか、いままでだっておれが一方的に捨ててばかりじゃないしだな」

「そんなの信用できない」

「信用してくれっ」

「……。無理」

「どうすりゃいいんだよ！」

「俺に訊かれても」

堂々巡りである。章吾が両手で自分の頭を抱え、嘆くように突っ伏す。

「とにかく直哉とケリをつけてくれよ。俺との話はそれからだ」

ここは大和が正論だった。章吾も悟ったようで、ため息をついて顔をあげた。

「たしかにそうだ。わかった」

章吾はそう言って天井を仰ぎ見ると、顔を大和へ戻し、ちょっと考えるような間を置いてから提案をしてきた。

「じゃあ、お試し期間を設けさせてくれ」

「なんだ？」

「直哉と別れる。かならずけじめをつける。その後も、おまえが信用してくれるまで何年でも待つ。いいと言うまでふれない。だから、俺のことを見ていてくれ」

「……わかった」

「クソガキのほうは見なくていいからな」

大和は無言で俯きながら頷いた。

横顔に章吾の視線を感じる。熱っぽい視線に照れて、正面から見られない。いまさらながら恥ずかしさが込みあげてくるが、このまま見つめあっていると流されてしまいそうで怖い気もした。話も一段落したことだし寝てしまったほうがよさそうだ。

「も、寝よう」

「ああ」

章吾が立ちあがり、照明を消した。しかしベッドに戻らず、大和のとなりに横になった。

「……章吾。おまえ、ベッドに戻らないつもりか」

仰むけに横たわっている大和は、天井に顔をむけたまま言った。

「だめか」

「これって浮気になるんじゃないのか」

「……手はださない。いっしょに寝るだけ。親友だったら、おかしなことじゃないだろ。親友がいっしょの布団に寝るだけなんだから浮気じゃない」

それって詭弁《きべん》じゃないか。そう思いつつも、無理やりベッドへ連れ戻す気にはなれなかった。

章吾の態度がこれまでとまったく違う。信じられないという思いでいっぱいだ。しかし、夢じゃない。

大和が感慨深い思いを噛み締めながら黙っていると、調子に乗った章吾が身体を摺《す》り寄せてきた。

「なあ大和。手ぐらいは繋《つな》いでもいいか」

手を繋ぐ。それは三ヶ月前の一大ミッションだった。それが章吾のほうから求めてくれるだなんて。

かあっと顔に血がのぼる。興奮して妄想が炸裂《さくれつ》しそうだったが、どうにか理性を保った。

「そ、それは……、男の親友が手を繋いでもいいのは幼稚園児までだ」

「ええ？　硬いなあ……」

手を繋ぎたい欲求は、きっと章吾よりも自分のほうが強いと思った。本当は、それ以上のこともものすごくしたいとも思っている。だがいきおいに任せて抱きあった翌日に捨てられたらと思うと怖くて踏みだせないし、なにより直哉の存在が気持ちに歯止めをかけている。

「そんなにくっついたら眠れないだろ」

「布団から落ちそうなんだよ」

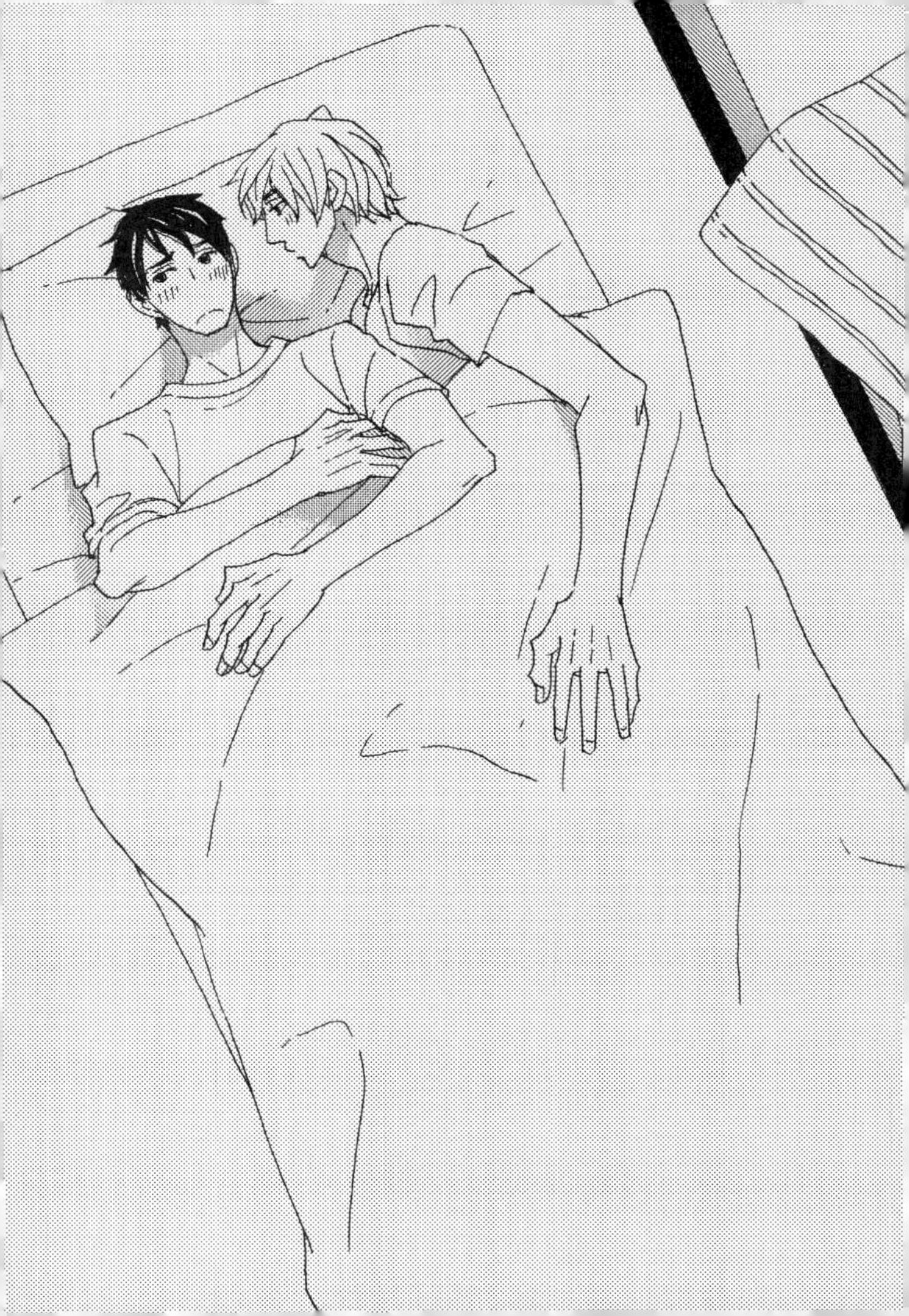

手も繋げない憂さ晴らしのように、章吾の身体が密着してくる。

「おい、章吾」

「なに」

「……当たってるんだが」

「そりゃ、ねえ。こんな生殺しじゃ当然だろ」

「だったらベッドに」

「やだ」

「……わざと当ててるなら、やめてくれ」

その夜はお互いに興奮してしまってなかなか寝つけなかったが、約束どおり、ふざけあい以上の性的なふれあいはなく、朝まで過ごした。

七

「信じられないな……」

信じられないけど夢じゃない。

「章吾が俺のことを、だなんてな……」

大和は自室でレース編みをしながら、うっとりと思いを馳《は》せた。

衝撃の告白から一週間が経過し、ようやく両想いになった実感が伴ってきていた。幸せすぎて、頭がおかしくなった気分だ。脳内はふわふわしていて、見るものすべてが喜びに溢《あふ》れている。まるで雲の上の虹《にじ》を渡っているようだった。

いまはまだ直哉のことがあるからつきあいはじめていないが、おつきあいがはじまったらどんな感じだろうかと、ひまさえあれば考えてしまう。

ご飯を食べたりカラオケに行ったりなどのつきあいは、これまでどおりの気がする。恋人になってなにが変わるといえば、やはりスキンシップ面だろうと、純情な大和だってわかっている。

「手を繋いだりとか……キスとか……そ、それ以上のことも、か……？」

抱きたいとはっきり告げられているのだ。想像するなと言うほうが無理だろう。初めてのキスはどんなシチュエーションになるだろうとは、この一週間で何百回も妄想した。初めてのエッチは経験不足なためにリアルな妄想にならず、完全なファンタジーの世界になっているのだが、とりあえず妄想記録百回は達成した。

「あ、あ、喘《あえ》ぎ声の練習とか、したほうがいいのか……？　いや、やっぱそれは無理だよな……俺の声じゃ章吾だって萎えるよな……」

夜寝る前にも考えてしまって、このところ寝不足気味だ。眠れないのでレース編みをすると、気持ちを表すようにハートのモチーフばかりを編んでしまう。乙女趣味全開である。

その日は章吾に話があるので会いたいと言われていた。

話なんかなくたって会いたいけれど。いや、それよりも話っていったいなんだろう。おつきあいに関することとか、それともまったくべつのことか。あれこれ思いながら支度をし、昼過ぎになってからマンションへ行った。

「土日ばかり呼びだして悪い。引越し屋は休日のほうが忙しいのにな」

玄関に迎えに出てきた章吾が申しわけなさそうに言うので、大和は靴を脱ぎながら首をふった。

「シフト組んでまわしてるから、問題ない。俺は今日は休みだったたし」

「シフト表、今度見せてくれ。これからは、遠慮せずもっと会いたい」

「遠慮……それで月一？」

月一の連絡は、仕事やほかのつきあいで忙しく、自分のことを思いだすのはせいぜいそのぐらいだからだと思っていた。会いたいと言ってもらえて、胸の奥がふわんと温かくなる。

「そう。親友ってスタンスだったしな」

廊下を歩きながらふりむくと、うしろからついてくる章吾が肩をすくめた。

「あんまり会いたがるのも変に思われるだろうから我慢してた。でもひと月も会わずにいると禁断症状が出ちゃってさ」

「禁断症状って……？」

そういえば、ホラー映画を見たときも禁断症状がどうのと言っていたが、まさかそれも、自分を絡めて言っていたのだろうか。

「んー、大和は知らない方がいいかも」

「なんだよそれ」

章吾が楽しそうに笑う。

「このあいだは二ヶ月会わなかっただろう。仕事が忙しかったのと、直哉の件でちょっと頭冷やさないと、と思ったからなんだけどさ。あのときも、ほんとはすごく会いたかった」

章吾のまなざしが、色っぽくきらめく。

「すごく会いたかったけど、我慢したんだ。会ったらきっと襲っちゃうだろうから」

きらわれたかと不安だったのに、まさかそんな理由で連絡をもらえなかったとは思ってもみなかった。

「ついでに言うと、めったに家に呼びたがらなかったのも、襲っちゃいそうだったからなんだよな」

けっきょく先週襲っちゃったわけだけど、とお色気モードで言われ、大和は赤くなりそうな顔を前へむけて居間へ入った。

章吾の告白を聞いてからこの一週間、信じられない気持ちでいっぱいだった。こうして改めて気持ちを聞かされるとうそでも夢でもなかったのだと思うのだが、それでもまだ夢の中にいるような心地でふわふわしてしまう。

「そ、それで、話って」

大和がむき直る前に、章吾の声が背中に届く。

「直哉と別れた」

神妙な声に、大和の足がとまった。

「ちゃんと話しあって、納得してもらえたと思う。本命がおまえだってことは、いままでどおり伏せておいたけど」

「……話したの、いつだ？」

「昨日だけど」

「そうか……」

話というのはそのことかもしれないと薄々予感していた。そっと身体をひねって章吾のほうへ顔をむける。

「直哉、だいじょうぶそうだったか」

今日は非番で事務所に顔をださなかったので、直哉の様子はわからなかった。

「たぶん。最近連絡も途絶えがちになってたから、むこうも予感してた部分はあったんじゃないかな。すくなくとも、泣きだしたりとり乱すことはなかった」

「そうか」

直哉の心境を思って唇を噛み締めていると、肩に章吾の大きな手が置かれた。Tシャツ越しに感じる男の手は、日中の陽射《ひざ》しのように熱い。

「直哉には悪いことをしたと思うし、彼のことを考えるのも構わないんだけど、いまはちょっと、直哉じゃなくておれのことを考えてくれないかな」

目をむけると、章吾の甘さを含んだまなざしとぶつかった。それはまるでチョコレートのように大和を蕩《とろ》けさせる。

「そんなわけで、いまのおれはフリーなんだ。もう、おまえを口説いても浮気じゃない」

「あ……」

「大和。おまえも高校の頃からおれのことが好きだって言ってくれたよな。あれ、夢じゃないよな」

ああ、と言ったつもりが、かすれて声にならなかった。代わりにこくりと頷く。

「先週は舞いあがりすぎてちゃんと確認しなかったんで、確認したいんだけど」

「な、なにを」

「いまも、おれのことを好きでいてくれてるんだよな」

頰が熱くなるのを感じた。

先週はその場の流れで口にしてしまったが、改めて口にするのは恥ずかしい。

いま自分がどんな顔をしているかわからないが、きっと変な顔をしているだろう。鉄壁の無表情だったはずなのに、章吾のアプローチの前ではとり繕えなくなっていた。

「大和」

肩を引かれ、章吾とむかいあう。視線がかちあい、その甘く熱っぽい雰囲気に気後れして、大和は目をそらした。

「聞かせてくれないのか」

「…………」

無言は肯定しているようなものだった。大和の照れた表情を見た章吾が、期待にまなざしを熱くする。

「大和……聞かせてくれ。おれのこと、好きなんだよな……」

甘く名をささやく唇が、距離を縮めてくる。両肩を抱かれ、このままだとキスされそうだと気づいた。

え、キス？

章吾とキッス!?

そんな、まだ心の準備が……っ、うがいもしないと……っ、と大和は慌てて章吾の胸を軽く押した。

「お、お、俺がいいって言うまで手はださないんじゃなかったかっ？」

「そうだけど、晴れてなんの問題もなくなったわけだから、流されてくれないかなあと」

「おまえの信用問題が残ってるだろ。これ、減点だぞ」

赤い顔で睨んだら、章吾はちえっと子供のように言いながらも、どこか楽しそうな笑みを浮かべて身体を離した。

「外、まだ暑かっただろう。ウーロン茶でいいか」

「ああ」

声の調子を明るく変えてキッチンへむかう章吾の背中を目で追いながら、大和は熱くなった頬を手で扇いでソファにすわった。

いまのシチュエーションは一昨日辺りに妄想済みだった。イメージトレーニングではもっとスマートに対応できていたのに、実際にそんな状況になったら胸がどきどきして破裂しそうになっている。童貞の恋愛初心者には、いきなりあんな甘い空気は心臓に悪い。まだまだだなあと思う。

キスは、したい。

でもまだ心の準備ができていなくて不安だし、その先のことを思うとちょっと怖い。女の子でもあるまいしと己の臆病ぶりが情けなくなるが、想っていた時間が長すぎたぶん、慎重になってしまう。

臆病すぎてけっきょく好きだと口にしなかったが、やっぱりちゃんと伝えておくべきだっただろうかなんてことも、いま頃になって悩みだす。章吾はちゃんと伝えてくれてるのに。でもあの状況で伝えたら、なし崩しにキスされて、あんなことやこんなことや、ももしかしたら、そーんなことまで……っ、な展開になったかもしれない。とするとやっぱりまだ言わずにいてよかっただろうか……。でも気持ちは態度でばればれだっただろうけど……。

いつものようにひとりでぐるぐる悶々していると、章吾がウーロン茶を入れたグラスを手にしてやってきた。

「そういえばさ。ほかにも聞き忘れてたことがあったんだ」

章吾はグラスをテーブルに置くと、床に投げてあった雑誌を拾いあげた。

「直哉とキスしたのって、けっきょくどういうことなんだ？」

いろいろなことが起こりすぎて、もうずいぶん昔のことのようだ。忘れていたわけではないが意表をつかれ、大和は目を泳がせた。

「あれは、だから……酔ってたんだ」

「酔ってたぐらいで好きでもない男にキスする男じゃないだろ、おまえは」

雑誌を丸めて持つ章吾が正面から顔を覗き込んでくる。

「本心が知りたい。本当は直哉が好きだったんじゃないのか」

「そうじゃない。ほんとに直哉のことは幼なじみとしか思ってないし」

「だったら、どうして」

言いたいことではないので、できれば忘れていてほしかった。困ったなあと、大和は指をこすりあわせた。

「……。言えないというか、言いたくないというか、忘れてほしいというか……」

「そんなこと言われたらよけい聞きたくなる」

大和はうう、と唸《うな》った。

「……最低な理由なんだ。きっと軽蔑《けいべつ》する」

「最低っぷりならおれのが上だからだいじょうぶ。教えて」

物言いは軽いが見つめてくるまなざしは真剣で、今度は逃がしてくれそうにない。追い詰められた大和は渋々と白状した。

「直前に、おまえたちがキスしてたのを見たんだ。それで……間接キスのノリで……」

章吾が目を見開く。

「え……と……。それって、おれとキスしたいと思ったってことだよな？」

「……まあ、そうだ」

「だったらなんでいま、拒否するわけ」

「それはだから信用問題で、いざとなるとなんというか」

直哉とのキスを思いだしながらしどろもどろに話しつつ、ふとした事実を思いだした。

「そういえば、あれってファーストキスだったんだよな……」

「な……」

ばさりと、章吾が雑誌を床に取り落とした。

「うそだろ……？」

見る見るうちに端整な顔を泣きそうにゆがませた章吾がその場にうずくまる。

「おい？」

「いいな……大和のファーストキス……」

苦しげに呟いたかと思うと、上目遣いに見つめられる。

「キス、したい」

心底から飢え渇いたような目つきをされて、胸がぎゅっとなった。

「う……」

「おれも、大和とキスしたい。すごくしたい」

だめか？　とにじり寄られ、膝に縋《すが》られる。あまりにもふれたそうで拒否できず、迷っていると、章吾がふらりと立ちあがった。

「だめなら、いまから直哉のところに行ってくる。俺も間接キスさせてもらう……大和のファーストキス……まだ感触残ってるかな……」

「ば、ばか、やめてくれ」

章吾にふられたばかりで悲しんでいるであろう直哉に、なんて仕打ちだ。ネタにしてもひどいことを言う。

引きとめようと手を伸ばしたら、その手を逆につかまれた。

「じゃあ、いいか？」

自ら罠《わな》にはまったようだと気づくが、もう遅い。

「……キ、キスだけだぞ……」

ちいさな声でそう言ったら、章吾が大きく息を吸い込み、となりにすわった。つかまれたままの手と、ぶつかりあう膝に意識がいく。

「こっち、むいて」

ささやかれて、おずおずと章吾のほうへ顔をむける。照れくさすぎて死にたい気分だ。得意の妄想もいまはなんの役にも立たない。章吾のすっきりと引き締まった唇を無意識に見てしまい、さらに恥ずかしくなって目をそらした。

章吾ののどがごくりと動く。余裕のない、せっぱ詰まったような目つきで見つめられて、章吾の興奮が伝わってきた。

男のもう一方の手が伸びてきて、壊れものを扱うかのようにそっと頬にふれてくる。その指先は、意外にも小刻みに震えていた。

恋愛経験豊富なはずの章吾が、緊張しているらしい。

章吾に緊張されたら、こちらまでますます緊張してしまう。

呼吸の仕方がわからなくなる。心臓が口から転がり出そうだ。火を噴きそうなほど顔が熱い。口の中は干上がりそうなのに手は汗ばんできて、膝の上でこぶしをぎゅっと握る。

目を閉じる勇気もなく、視線を伏せる。もちろん自分から顔を寄せる勇気もなく、ひたすら固まって待っていると、章吾の顔が近づいてきた。吐息がふれあうほど近づき、息をとめる。焦点がぼやけて自然とまぶたをおろした刹那《せつな》、やわらかく唇を押し当てられた。

「……っ」

ぶわっと、身体の中でなにかが膨らんで弾《はじ》けるような感覚が駆けめぐり、背筋が震えた。

直哉とのキスとも翼とのキスとも違う。

頭が真っ白になり、心の中で声にならない悲鳴をあげているうちに、唇が離れていった。

時間にして、ほんの一秒程度だったかもしれない。頬に添えられた手も離れていく。

「……は……」

吐息をついた章吾が、脱力したように大和の肩に顔を埋《うず》めた。

「え、と……どうした？」

人生三度目のキスである。どこか変だっただろうかと不安になって尋ねると、章吾が声を震わせて言った。

「嬉しくて……心臓爆発しそう。十年前からずっと、夢見てた」

ゆったりと顔をあげた章吾は、泣き笑いのような顔をして目を潤ませていた。

「ずっと、こうやってふれたかったんだ……ほんと、嬉し……」

その気持ちは大和にもよくわかった。章吾もおなじような想いを抱《いだ》いていたのかと思うと、つられたように涙がにじんだ。

「もっかい、させて……」

章吾がふたたび顔を寄せてくる。

肩を抱かれ、唇が重なる。

ただふれあうだけだった最初のものとは異なり、今度はついばむようなキスをなんどもくり返された。

やわらかい唇の感触が心地いいような気がしなくもないが、極度の緊張と興奮でよくわからない。たぶん章吾は緊張をほぐそうとしてくれているのだろうけれど効果なく、リラックスというよりは酸欠で頭がぼうっとしてきた。

それでも、すごく幸せだということは、強く感じていた。

好きな相手とキスすることがこれほど嬉しくて、心臓が壊れそうになるものだったとは知らなかった。

「……ん……」

息を吸おうと唇を緩めると、すかさず章吾の舌が滑り込んできた。

舌先がふれあって、電流が走ったようにびくりと身体を震わせてしまう。驚いて章吾のTシャツを握り締めると、肩をつかむ章吾の手に力がこもり、さらに深く舌を入れられた。

口の中を優しく丁寧に愛撫《あいぶ》される。

「あ……ふ」

与えられる刺激を受けとめるだけで精一杯で、一方的に息を乱される。長いことキスをかわしているうちに次第に身体から力が抜けてきて、知らぬまに章吾の胸に縋りつくようにしていたら背中に腕をまわされ、きつく抱きしめられた。

好きな男の腕に抱かれる心地に陶然としてしまう。

夢心地になって、すこし勇気をだして奥のほうで縮こまっていた舌をどうにか伸ばしてみると、章吾に嬉々《きき》とした様子で舐められて、もしも口が塞《ふさ》がっていなかったらきっと変な声

78

をあげていただろうというほど感じてしまった。しかし章吾の舌使いは深い官能を引きだすような激しいものにはならず、ひたすら甘やかす優しいキスに終始した。

「ん……」

キスを終えて唇が離れると、章吾にはにかむような笑顔で見つめられた。

「大和、かわいい」

「か、かわいくなんか……」

「かわいいんだってば」

遠慮がちに髪を撫でられ、蕩けそうなほど甘いまなざしで見つめられて、泣きたくなるほど幸せだった。


社員三人での仕事を終えて事務所へ戻ると、机の上にダロワイヨのオペラが置かれているのが目に入った。

「お疲れさま～。それ、業者さんからの差し入れだよ。アセロラ紅茶ももらったから、いま淹《い》れるね」

直哉が紅茶を淹れに席を立つ。大和は事務椅子に腰をおろすと、飲み物が届くのを待たずにケーキに手を伸ばした。

甘いものはあまり好きではないのだがそのチョコレートケーキは例外で、甘さを抑えたチョコとコーヒークリームの上品な味が夏場でも食欲をそそる。贈答用のちいさなひと切れをぺろりと平らげると、むかいの席にすわった翼と目があった。

「なんだ」

「最近、嬉しそうですね」

それを聞いた北川が、ひょいと大和の顔を見る。

「どこが？　いつもこんなもんじゃないか？　それともなにかいいことでもあったのか？」

「いえ、べつに……」

章吾とキスをしてからというもの、たしかに浮かれている自覚はあった。直哉の手前、それを表にだしたつもりはなかったのだが、指摘されたということはよほど浮かれていたのか。それとも翼の観察眼が鋭いのか。

「宝くじでも当たったか」

北川の軽口に、大和は肩をすくめた。

「まさか。もし当たったとしても、そんなの絶対言うわけないじゃないですか」

「うっわ、せこい男だな。日頃お世話になってる先輩に酒の一杯でもふるまってやろうとか思わないのか。俺だったらみんなに言いふらして大盤振る舞いしちまうぞ」

「北川さんが酒の一杯で済むはずないですし、下手したらひと晩で有り金全部使い果たされちゃいそうですから」

「ひでえな。おい、聞いたか翼」

「はい。たしかに聞きました。北川さん、宝くじ当たったら、俺、海外旅行に連れてってほしいっす」

「聞いたかってのはそっちのことじゃなくてだな」

わいわい喋っているところへ直哉が紅茶を運んできた。

「ねえねえ、聞いてよ。今日は大変だったんだよ」

北川の話に代わり、今度は直哉が昼間来た客の話をはじめて、大和の話はうやむやになった。

章吾と別れたことについて直哉は口を閉ざしたままだった。落ち込んでいるふうでもなくいつもと変わらぬ態度なので、大和もその件について話すきっかけをつかめずにいる。

いつもの直哉ならば翌日には喋りそうなものなのだが、章吾の話をするなと言われたことを気にして黙っているのか。それとも簡単に口にできないほどダメージを受けているのか。直哉の内心をつかみきれず、いまのところは静観している。

紅茶とケーキで休憩し、ひとしきり雑談を終えると、北川が立ちあがった。

「んじゃぼちぼち帰るわ。お疲れさん」

「お疲れさまです」

続けて翼が立ちあがる。リュックを背負って帰宅しようとする彼を大和は呼びとめた。

「翼、ちょっといいか」

ふりむいた翼に顎《あご》をしゃくって事務所の裏口を示す。

「こっち、来てくれ」

席を立ち、事務所の奥にある出入り口へ歩きだすと翼が無言でついてきた。冷房の効いた室内から外へ出ると生温い空気が身体にまとわりつき、急に体重が増えたかのようなけだるさと息苦しさを感じたが、息苦しいのは気温のせいばかりではない。

これから話さなくてはならない内容を思うと、とても足どり軽くとはいかず、家の脇《わき》の路地で立ちどまった。

章吾もけじめをつけたのだから自分もちゃんと話さないと、と覚悟を決めて、後ろについてきた翼のほうへ身体をむける。

「あのな。俺、おまえに謝らなきゃならないことがあるんだ」

翼が「嬉しそうだ」と声をかけてきたのは、大和の身辺になにかあったと感づいたからだろう。章吾のことは機会をみていずれ言っておかなければならないと思っていたが、いまがその機会だろうと思えた。

「じつは、ずっと惚れてたやつがいるんだ」

翼が無言で見つめてくる。申しわけなくて、大和は足元へ視線を落とした。

「だから……すまない。おまえの気持ちには応えられない」

ひと呼吸ほど間を置いて、翼がぼそりと訊く。

「直哉さんじゃなく？」

「ああ」

「誰か訊いてもいいですか」

引越しのときに会っているから、翼も章吾を知らないわけではない。それに男は無理だと翼を断っておきながら、男が好きだったとは言いにくかった。口ごもっていたら、勘のいい翼が気づいた。

「もしかして、男？　俺の知ってる相手ですか」

黙っていてもしかたないので、大和は頷いた。

「……そう。高校の頃からの親友」

「それって……」

翼が口を噤《つぐ》んだ。それ以上は言葉にしなくても伝わったようだったが、無言に耐えられなくなったのと、これだけで話を切りあげるのもそっけなさすぎる気がして相手についてもうすこし話すことにする。

「親友してたけど、ほんとはずっと好きだったんだ。言いだせないまま十年も過ぎてさ。諦めてたんだけど……ちょっと、仲が進展したというか……まだはっきりとつきあいはじめたわけじゃないんだけど……」

首に手をやり、ちらりと翼に目をむける。

「春に引越ししたやつ。翼とふたりだけでよかったのに、直哉もついてきたときのこと、覚えてるか」

「ええ」

「あいつなんだ」

「やっぱりそうでしたか」

翼が納得したように浅く頷く。

「でも、たしかその方は、直哉さんと……」

「うん……まあ、いろいろあって……」

それ以上は言葉を濁した。

「そう、ですか」

翼も直哉から別れ話を聞いていないようで、なんどか瞬《まばた》きしながら首をかしげた。それから考えるようにすこし沈黙したあと、尋ねてくる。

「直哉さんは、おふたりのことを知ってるんですか」

「いや、まだ……」

大和は俯いて緩く首をふった。直哉への罪悪感から、口が重くなる。

そうですか、と翼がひとり言のような小声で呟き、ふたたび沈黙が落ちる。

「すまない」

「謝らないでください。大和さんが幸せなら、いいっす」

翼が笑顔を見せる。しかしそれは精一杯の虚勢のようにも見えて、痛々しかった。こんなことならキスなどさせて変に気を持たせたりせずに、初めからはっきりふってやるべきだった。

己の弱さと甘えが翼を必要以上に傷つけてしまったかもしれないと大和は悔やんだ。

「ありがとう……。そういうことになったが、好意は嬉しかったし、おまえのことは仲間として大事に思っているから」

「はい。わかってます。できれば、変に気を遣わないでもらえると嬉しいっす」

「わかった。これからも頼むな」

翼はこのまま帰宅するということで、事務所には戻らず路地から表の通りへむかった。大和もせめて見送ろうと思い、あとを追う。

夏の日暮れは遅く、空はまだ明るかったがときは夕刻。事務員の直哉も終業時刻である。

ふたりが話していたすぐそばにある事務所の扉の陰に、帰り支度をした直哉が偶然いたことを、大和は知らなかった。

『うう〜……っ』

章吾の悔しそうなうめき声が受話器越しに聞こえる。

『せっかく……せっかく大和が誘ってくれたのに……っ』

「無理か」

『どうにかなるかな……うー、でも、無理かー』

平日だったのだが無性に会いたくなってしまって、大和は章吾の仕事が終わる頃を見計らって勇気をだして電話し、夕食に誘ったのだった。しかし章吾には先約が入っているようだった。大和からの誘いは非常にめずらしいことで、章吾も断りたくなさそうに悩んでいる。気まぐれに誘っただけなのに悩ませるつもりもなかったので、大和はがっかりしたのを気づかれないように明るく言った。

「用があるわけでもないし、どうしてもってことじゃないから、いいんだ。週末なら会えるか」

『もちろん。土日は絶対空けとく』

「そうか。じゃ、そのときな」

そんな会話をした翌日の夕方、仕事を終えて家へ戻ろうとすると、直哉にひそめた声で呼びとめられた。

「話があるんだけど」

「なんだ」

「大和の部屋でいいかな」

事務所には父や北川が残っていた。なんでも喋る直哉が彼らの前で話せないことといったら、ひとつしか思い浮かばない。

きっと章吾にふられた話だろう。

直哉はふられた原因が大和だとは知らないはずだから、友人に失恋話を聞いてもらう感覚でいるかもしれない。どんな態度で聞けばいいのか。なにも知らないふりをして話を聞ける自信もなく躊躇《ちゅうちょ》するが、とにかく聞かないといけないと思い、部屋へ通した。

章吾とのことは、直哉に話せていないままだ。

身体は許していないし、現状ではつきあっていると言っていいものか曖昧《あいまい》ではあるが、これまでのような関係ではない。黙っているのは直哉に対して誠実さに欠けると思うが、話したことで職場の雰囲気に影響が出たりすると困る。

身体を許したとたんに自分も章吾に飽きられてすぐにふられる可能性もあり、それだったら直哉とのあいだに遺恨を残すのもばからしいし、直哉を傷つけるだけだ、などと黙っている言いわけをいろいろと思いついてはこねくりまわしているが、けっきょくのところ、悪役になりたくないだけかもしれないと思ったりもする。

直哉は幼なじみで、仕事仲間だ。章吾に対するものとは想いの種類が異なるが、同等に大事な存在だと思っており、そんな直哉にきらわれるのは怖い。傷つけたくないとも思う。

だが、あとあとになって真実がばれたとき、直哉が受ける傷は深くなるかもしれない。ならばどれほど罵《ののし》られても泣かれても、いまのうちに告げるべきだろうか。

章吾と直哉、どちらとも仲良くやっていきたいと思うのは都合がよすぎるだろうか。

そんなことをぐずぐずと考えて床に胡坐をかくと、テーブルを挟んでむかいにすわった直哉が、思いつめた様子で切りだした。

「ねえ大和。もしかして章吾から、ぼくと別れたって聞いた？」

予想通りの話に、大和は胸が塞がれる思いをしながら頷いた。

「ああ」

「理由は聞いた？」

「それは……」

言いよどんで視線をはずすと、直哉が先に言った。

「大和が好きだから、とか……言われた？」

なぜ知っているのか。章吾に関することではもう無表情を保てなくなっている大和は、驚いて見返した。すると直哉がやっぱり、と言いたそうな顔をした。

「それで……大和は章吾のことが好きなの？」

震える声で尋ねられる。ここまで知られているのでは、もはやごまかすことはできない。

「……ああ」

観念して肯定した。泣かれるだろうか、それとも詰《なじ》られるだろうかと覚悟していると、予想とは裏腹に、直哉の顔に笑いが広がった。

「やっぱりそうなんだ。あ、ごめん、笑っちゃいけないよね」

直哉が手を口にあてて笑いを収めようとするが収まらない。眉を寄せてしかめ面を作ろうとして失敗し、半笑いのような表情になった。その目つきは大和を哀れむようなものだ。

いぶかしむ大和に、直哉がわけを言う。

「ごめんね大和。なんだかかわいそうだから教えてあげる。——本当はぼくたち、まだつきあってるんだよ」

「え……？」

「あのね、章吾ったら、大和が好きなのはぼくなんだとまだ思ってるみたいなんだよね。それでぼくから気持ちをそらそうとして、自分に気持ちをむけさせようとしてるみたいだね」

「そんなばかな」

思ったまま口にしたら、直哉がむきになったように言う。

「うそじゃないよ。信じられないかもしれないけど、ほんとなんだ。章吾、ぼくに悪い虫がつかないかってすごく心配してさ、昨日も抱かれたし。ほら、愛してるってメールも」

直哉がポケットから携帯をとりだし、大和に見せた。

画面に映しだされた受信メールの送信者アドレスは章吾のもので、本文にはたしかに愛してると書かれている。日付は昨日の夜となっている。

――うそだろう。

大和は己の目を疑い、直哉の携帯画面をなんども見直したが、章吾のアドレスにまちがいはない。

昨日大和は、章吾を食事に誘って断られたのだ。先約があるということだった。誰と会うかまでは聞いていなかったが、仕事関係かなと思って気にしていなかった。まさかそれが直哉だったただなんて。

しかもその文面は……。

「…………」

示された事実に愕然《がくぜん》とした。現実が自分と切り離されていくような感覚に、視界がくらりと揺れる。

「心配性だよねえ」

「だけど……」

自分のことを好きだと言った、あの言葉はうそだったと言うのか。あの熱いまなざしも抱擁もキスも、すべてが演技だったと？

初めに好きだと告白されたときはにわかには信じられなかったが、あれほど真剣でせっぱ詰まった章吾は見たことがなかったし、興奮した息遣いや緊張した態度から、うそではないのだと感じとれた。

俳優並みの演技力があるならば、それぐらいは演じられるものかもしれない。だが、身体の熱まではどうだろう。添い寝して勃起《ぼっき》したり、キスして体温があがったりなんて生理現象まで変化させるのは、好きでもない相手では難しいものではなかろうか。

直哉の言い分はとても信じられるものではなかった。

しかし携帯のメールが章吾からのものだという事実は歴然としている。

「ねえ。大和は章吾を抱きたいの？　それとも抱かれたいの？　どっちにしても、気持ち悪くて想像できないなあ。ふたりともタチって感じだもん」

気持ち悪い。

さらりと発せられた言葉が、大和の胸にぐさりと突き刺さる。羨《うらや》ましく思うほど理想的にかわいい直哉の口から告げられるのは、よけい惨めに感じられた。

そんなことは指摘されずとも自分が一番よくわかっているのだ。いくらゲイでもこんな男っぽい容姿の男を誰が抱きたくなるものかと自分に言い聞かせて十年過ごしてきた。抱きたいと言ってくれる章吾の真意を測りかねてしまうほどに、かわいくないことは自覚している。

「章吾とエッチしたの?」

「………」

仮面のはがれた大和の表情を見て、直哉がひとりで答えをだす。

「してなさそうだね。だったら、それがいい証拠だよね。大和みたいな男は章吾の趣味じゃないんだよ」

「……してないのは、俺が拒んでるからで、あいつは抱きたいって……」

章吾はたしかに言ってくれた。しかしたまにはゲテモノを食べたくなるような、一種の好奇心的なものだったのだろうかなどと、不安で気持ちが揺らぎだす。

「大和、騙《だま》されてるなあ。ほんとに好きでほんとに抱きたかったら、抑制利くわけないじゃん。そんなのフリだけだよ。ぼくなんか最初、まだ早いよって言ったのに、すっごくがっつかれたよ」

好きなら抑制が利かないというのはおなじ男として説得力があった。章吾がキスだけで我慢してくれたのは自分の気持ちを大事にしてくれている証拠だと思っていたが、さほど性的欲求を感じていなかったという可能性もないわけではない。

「じゃあ、もし俺がOKしても、あいつは手をださないと思うか？」

「それはわかんないよ。男だもん、頭と身体は別物でしょう？　好きな相手のことを想像しながらべつの相手を抱ける人だっているし。大事にしてるからゆっくり進みたいんだとか言って逃げるかもしれないし」

直哉が笑う。その笑いはどこか空々しく必死さが漂っていて違和感を覚えたが、いまの大和にはその理由を探る余裕はなかった。

「でも章吾はしちゃうかもしれないね。だから大和、章吾の言うこと、本気にしないでね。自分の恋人がほかの人とエッチするのは、それがぼくのためを思ったことだとしても、やっぱり嫌だからさ」

納得がいかないが、つっぱねることもできず、大和は黙り込んだ。

「そういうことだから、ごめんね。章吾のことは諦めてね。それが言いたかったんだ」

じゃあね、と直哉が部屋から出ていったあとも、大和は呆然として動くことができなかった。

うそだ、と思う。章吾が自分を騙すなんて、そんなことがあるはずがない。

そんな男ではないはずだった。だが友人の章吾は誠実でも、恋愛ごとになるとべつの顔を見せるのだろうか。

恋人としての章吾がどんな男なのか、自分は知らない。ただ、彼が頻繁に恋人を替えていたのは知っている。そして直哉とは、めずらしく長続きしていた。

直哉の言葉はどうにも信じ難かった。しかし携帯のメールという動かせない証拠がある。それに直哉は口は軽いが、こんなうそをつく人間でもない。幼い頃はつまらないうそをつかれたことはよくあったが、それは子供ならば当たり前の範疇《はんちゅう》だったし、大人になってからはそんなことはなくなっている。

章吾と直哉。うそをつかれているとは思いたくないが、どちらか一方がうそをついていることになる。

信じたい気持ちと猜疑心《さいぎしん》が交差して、頭が眩《くら》んだ。

「章吾……」

自分の携帯をポケットからとりだした。

電話して問いただしてみようか。そう思ったが躊躇して指が動かない。

ためらいつつもどうにか無理やり意志の力を働かせ、油の切れた機械のようなぎこちなさで電話帳を開いてみたが、章吾の名前を目にしたら、そこで完全に動きがとまった。

勇気が出ない。思考が逃げを打つように、章吾が告白してきたときのことが思いだされる。

直哉とは別れないと言った理由は、大和が好きなのは直哉だと誤解していたからだと説明していたが、それが真実でもうそでも、そういう駆け引きめいた思考ができるあたり、恋愛の戦略に長《た》けていることは窺える。

章吾に問いただしたところで、真実がどちらでも「それはうそだ」と言われるだけだろう。電話したところで意味がない。

章吾を信じたい。

告白されてからずっと、これほど自分に都合のいい話はない、夢かもしれないと思っていたが、やっぱり夢だったのだといまさら現実に引き戻されるのは辛い。

だが携帯のメールという証拠を見せられては、直哉の言い分もうそだとは言い難い。

ふたりとも長いつきあいで、信頼している相手だ。

どちらを信じていいかわからなかった。考えれば考えるほどぐるぐるしてしまって、恋愛初心者の自分にはどうしたらいいのか判断がつかない。底なし沼に嵌《はま》ったように身動きがとれなくなった。

放心気味に手の中で携帯をもてあそんでいると、メールの着信音が鳴った。驚いて肩を震わせ、画面を見ると、章吾からだった。タイミングがいいのか悪いのか。

本文には、仕事お疲れさまとか週末に会うのが楽しみだとか、いつもと変わらぬ内容が書かれている。

「…………」

大和は手にしていた携帯をしばし見つめ、それから心を閉ざすように電源を切った。

八

章吾からメールが何通か届いていた。

連絡がほしいという文面を見ても返信する気になれず、メールを眺めては悶々と悩む日々をすごしている。しかしそれは建設的に考えているわけではなく、ただぐずぐずしているだけであり、考えることを放棄しているだけとも言える。

どうすればいいのか判断がつかなくて、この三日、章吾から電話がきても、多忙を理由にそっけない対応をしていた。

直哉に聞かされた話を章吾に確認したかったが、疑心暗鬼になってしまって言いだせない。尋ねてみて、もし肯定されたら――。想いが通じたと思った直後の落胆は大きい。やっぱり夢だったのだと泣く覚悟はできてなくて、決断を先延ばしにしている。

とはいえいつまでもこんな態度を続けていたら、遅かれ早かれ破局することは目に見えている。夕食を終え、自室で悩みつつ携帯を見つめていると、直哉から電話がきた。

直哉の電話に出るのも気が重いものがあったが章吾ほどではなく、通話ボタンを押す。

「もしもし」

『あ、大和？　いま、家にいる？　自分の部屋？』

「ああ」

『あのね、このあいだの話の続きなんだけど。章吾のこと諦められそう？』

奇妙なほどテンションの高い声に、胸に不安が湧きだす。

「……いきなり、なにを」

『もうすぐぼくんちに章吾がくるよ。窓から見えるんじゃないかな。おせっかいなようだけど、それを見れば諦めがつくんじゃないかな——あ、来たみたい。じゃあね』

通話が一方的に切れた。

二階にある大和の部屋は通りに面しており、窓を開ければ斜めむかいにある直哉の家が見える。

——本当だろうか……。

大和は恐る恐る窓辺に寄り、カーテンをすこし開けて通りを見おろしてみた。外灯の明かりに照らされた夜道、直哉の家の前に長身の男が佇《たたず》んでいる。それが章吾だということは、背格好を見ればすぐにわかった。

玄関から直哉が笑顔で現れ、なにか言葉をかわしたあとに、章吾を扉の中へ迎え入れた。

「…………」

現場を目撃しても、裏切られた怒りや激しい感情は微塵《みじん》も湧きおこらなかった。

――やっぱりそうだったのか……。

身体中の細胞が溶けだして、頭の中身も水になって体外へ零《こぼ》れていくようだった。

扉が閉まるのを見届けて、ベッドに仰むけに倒れこむ。

章吾の訪問は、なにか事情があったのかも知れない。たとえば別れる前に直哉の家に置き忘れたものをとりに来たとか。そんなわずかな可能性を無理やりこしらえて希望を見出そうとしたのだが、自分自身を騙せるほどの理由は思い浮かばなかった。

やはりふたりはいまもつきあっていたのだという結論が一番しっくりと腑《ふ》に落ちた。

「ばかだな……」

無性に悲しくて、見あげる天井が次第にぼやけていく。

ばかみたいだ。やっぱり章吾が自分に本気になるはずがなかったのだ。そんなことは逆立ちしたってありえないとわかることだった。

もし本当に気があったなら、十年も親友でいられたはずがない。自分は感情が表情に出にくいほうだし、必死に隠してきたから気づかれなかったのだと思ったけれど、相思相愛であれば、もっと早い時期にどちらかが相手の気持ちに気づくものではないか。

「……ほんとに夢だったな……」

自分よりも数倍魅力的な直哉に章吾が惹かれるのは当然で、両想いになれただなんて、思いあがりもはなはだしかったのかもしれない。

自分のような男がどう足搔《あが》いたところで、かわいい子にはかなわない。真に受けて浮かれた自分の愚かさが情けなかった。

こんな現実が待っているのなら、下手に夢なんか見るものじゃない。夢は夢のままで、信じさせないでほしかった。

涙が溢れてとまらなくなり、大和は声を殺して泣いた。


それから一時間も過ぎた頃、章吾から携帯に電話がかかってきた。

「もしもし」

どうにでもなれと投げやりな気持ちで電話に出ると、受話器のむこうからほっとしたような息遣いが届く。

『よかった……やっと出てくれた。昼間送ったメール、見てくれたか？』

「ああ」

連絡をくれというメールを見たのに、連絡していない。いつもならば連絡できなかった事情を説明するところだが、話せることがなく、ひと言で返答を終えた。

無言の間があき、章吾が言葉を選ぶように話しかけてくる。

『……あのさ。それで連絡くれないってことは、いまも忙しいのかな』

「悪い」

『いや、忙しいならしかたないんだし。いまはだいじょうぶか』

優しく気遣うような声が胸に沁《し》みる。しかし、章吾のとなりには直哉がいるのだろうかと思うと、気持ちが硬化する。

「用は、なに」

そっけなく言うと、受話器のむこうから困ったような気配が伝わってきた。

『え、あ、んー。気のせいだったらいいんだけど……ここ数日、急になんというか……。おれ、怒らせるようなことしたか？』

「べつに」

『大和、どんなに忙しくても、メールを無視することなかっただろ。電話にも出てくれなくなったのって、このあいだ、誘いを断ってからだよな』

「そうかな」

『そうだよ。あれって、やっぱり本当はすっごく大事な用だったとか？』

「そうじゃない」

『だったら、ええと、なんだろ。ほかに思い当たることとって言ったら、キスさせろってしつこく迫ったこととか……』

章吾が焦りをにじませたように尋ねてくるが、それも演技なのだろうか。

もう、なんだかわからない。

「そんなんじゃないから。忙しいだけだ」

『だったら、会いたいんだけど。会って、顔を見て話がしたい。いま、近くまできてるんだ。会えないか』

「え……」

それは、困る。泣き腫《は》らしてまぶたはぱんぱんだし、鼻も真っ赤だ。ただでさえかわいくないのにさらに醜くなった見苦しい顔など見せたくない。

「会うのは……」

断ろうと思ったが、もしいま直哉がとなりにいるのならば、会いたいと言われるのもおかしなことだとふと気づいた。

直哉は、大和には諦めろと釘《くぎ》を刺しておきながら、章吾にはなにも言っていないのだろうか。それとも直哉の意向を無視した章吾が独断で行動しているのか。

あるいは、演技ではないのか……？

『なあ……その声。もしかして、泣いてるのか』

ずっと泣き通しだったから声も鼻声になっていた。ばれないように短い単語しか喋っていなかったのだが、気づかれたようだ。

『待ってろ。ていうか、もう大和んちの前にいるんだ。出てきてくれ』

玄関のチャイムが鳴った。ベッドから起きあがって窓の外を見ると、下からこちらを見あげる章吾の姿があった。

『頼むから』

「……わかった」

泣き腫らした顔を見せたくないが、家の前にいる男を無視することもできない。父が対応に出る前に大和は階下へ降りた。

裏口から外へ出て正面へまわると、そこに立っていた章吾が大和の顔を見て表情を険しくする。

「なにがあった」

「ここじゃ声が響くから、中に入ってくれ」

大和は視線を避けるように俯いて踵《きびす》を返した。自宅には父がいる。万が一にも話を聞かれたくはないので事務所のほうへ誘った。

室内へ入ると入り口の照明だけをつけて、奥の薄暗いスペースへ進む。そちらの明かりをつけないのは蛍光灯の明かりの下に泣き顔を晒《さら》したくないためだ。

「いったい、どうしたんだ」

机が並ぶ辺りで歩みをとめて、あとからついてきた章吾のほうへ身体をむけると、心配そうな顔が薄明かりを背負って見つめていた。章吾の手がそっと伸びてくる。頬にふれそうになり、大和は身をこわばらせて首をすくめた。その反応に傷ついたように章吾が手を戻す。

「泣いてた理由は、おれと関係があるか？」

低く慎重な声で尋ねられ、大和は横へ視線をそらした。

なにをどう切りだせばいいのか、まだ自分の考えもまとまっていない。好きだと言うのはうそだったのだろうと責めてみたり、直哉の家に行ったのはなぜか説明しろと問いただすのは、簡単なようでひどく難しいことに思える。泣きだしたり興奮したり惨めな姿を晒さずに、理性的に話しあうためにはもうすこし時間がほしかった。

「……ちょっと、時間がほしいんだ」

静かにだしたつもりだった声は、暗い事務室にびっくりするほどはっきりと響いた。

「どういう意味だ」

「おまえとのことは、距離を置いて冷静に考えたい」

章吾が息をとめた。それから笑おうとして失敗したように顔を引き攣《つ》らせる。

「それは、お試し期間を設けるってことになったじゃないか。なんでいまさら」

「いろいろ考えて……」

「それって、結論か？　結論だすの早過ぎないか？　手をださないって言ったのにキスしたのがやっぱり嫌だったか？」

「そうじゃないけど……」

「心境の変化だというなら納得できるように説明してくれ。理由があるんだろう。でなかったら、なんで泣いてたんだよ」

早口にまくしたてる章吾は真剣そのもので、演技しているようには思えない。言ってみようか、とふと思う。しかし望みを抱いて口にしたとして、その後の反応を知るのが怖くて迷いが生じる。口ごもっていると、腕をつかまれた。

「大和」

苦しそうに名を呼ばれ、駄々っ子のように腕を揺すられ、大和は迷いながらも重い口を開いた。

「直哉に、言われたんだ。まだおまえとつきあってるって」

「え……？」

章吾が虚を突かれたように呟き、それから表情を険しくさせる。

「いつ」

「三日前」

「おまえ、それを信じたわけ？　それで電話に出なかったのか？」

「信じたわけじゃないが……」

「でも、疑う気持ちがあったから電話に出なかったたってことだろう？」

黙っていると、章吾の口角が下がった。

「そりゃ、いい加減なことばかりしてきたから、そう簡単には信用できないだろうと思う。だけど大和にだけは、誠実にむきあってきたつもりだ。そんな話を鵜呑《うの》みにするほど、おれって信用ならないんだ？」

「それだけじゃない。章吾から直哉へのメールも見せてもらったんだ」

「メール？　どんな？　メール送ったのなんてだいぶ前だけど」

たったひと言とはいえ、あのメールの内容なんて口にしたくなかったが、言わないわけにもいかず、声が震えそうになるのを抑えながら話した。

「あ……いしてるって……、直哉に送っただろ。三日前に」

章吾が「は？」と気の抜けた声をあげた。

「三日前どころか、いちどもそんなこと書いたことないって」

「隠さなくてもいい。この目で見たんだ。たしかにおまえのメアドだった」

「なにかの間違いだって」

章吾がジーンズのポケットから携帯をとりだし、せわしなく操作する。やがて驚いたように目を見開いた。

「なんだこれ……」

呟いて、呆然と画面を見入っている。送信履歴を見ているのだろうが、いかにも心当たりがないといった様子である。

「……たしかに送ってることになってるな。だけど、おれはこんなのを送った覚えはない。直哉とは別れたんだ」

「じゃあ、どうして。今日も、直哉のところに行ってただろ」

章吾が目をしばたたく。

「なんで知ってる」

「直哉に聞いた」

「たしかに行ったけど……。直哉におまえのことで話があるって呼びだされたから」

章吾の眉間《みけん》に深いしわが刻まれた。影を帯びたその表情が色っぽくて、こんなときだというのに大和は見惚れてしまった。誰がなんと言おうと、本人にどう思われていようと、やっぱり自分は章吾が好きなのだと思わざるをえない。

そんな大和の見つめる前で、章吾は考えるように指で顎を撫で、それからおもむろに話しだす。

「三日前、大和の誘いを断ったのは仕事の先約が入ってたからなんだけど、家に帰ったらマンションの前で直哉が待ってたんだ。別れを切りだした理由は大和だろうって、ちゃんと説明してほしいって言われて、近くのファミレスに連れてって話をした。家にまで押しかけられたら断れないし、直哉とはきちんとけじめをつけるっておまえとも約束したし。このメールの送信時間は、ちょうど直哉と会っていたときなんだ。携帯は席をはずしたときに勝手に使われたのかもしれない」

章吾はそこまで話すと、大和の反応を待たずに電話をかけた。

「——直哉か。いま、大和のところにいるんだけど、来てほしい。事務所にいる……そう。いますぐ」

直哉をここへ呼びだすつもりらしい。

どれほど穿《うが》った見方をしても演技をしているようには見えないうえ、章吾の態度は一貫しており、直哉とは別れたと言い切っている。ということはつまり、身の潔白を証明するために直哉を呼びだしたわけで、うそをついていたのは直哉のほうということになる。

通話を終えた章吾の目がむけられる。

「いまから直哉にきてもらう。どういうつもりなのか、説明してもらうから」

どうやら章吾の気持ちは偽りなかったようだと認識が固まってきたが、それを喜ぶ気持ちよりも、これからはじまるであろう修羅場の予感に緊張が高まった。

大和は章吾の毅然《きぜん》としたまなざしを見返すと、出入り口のほうへ視線をさまよわせた。

互いに言葉はなく、それぞれが黙考しているうちに裏口の扉がぎしりと音を立てて開いた。

Tシャツにハーフパンツでくつろいだ格好の直哉が、蛍光灯の明かりの下に姿を現した。

「なに」

呼びだされた理由はなかば察していたらしく、直哉はふてくされたような顔をして、章吾と大和に交互に視線を走らせた。

章吾が静かに口を開く。

「大和から話を聞いた。おれとまだつきあってるとか言ったそうだな」

単刀直入な章吾の言葉に、直哉の顔が赤くなる。

「おれの携帯も勝手に使っただろう」

「……なんのこと」

章吾が自分の携帯の画面を見せる。

「この日、この時間におれの携帯をいじれる人間は直哉以外にいないんだけど。わかるよな」

穏やかなのに威圧感のある口調は、章吾の怒りを感じさせた。

「さっきも、わざわざ呼びだすほどのこともない話ばかりで変だと思ったんだ。なんでそんな、すぐばれるうそをついた？」

直哉は口をもごもごさせて俯き、握り締めたこぶしを震わせた。

「だって……だって、ひどいじゃないか……」

直哉が悔しそうに唇を尖《とが》らせる。その目尻には涙が盛りあがっていた。

「そりゃ、本命がいるって聞いてたよ。初めはセフレでもいいってぼくも言ったよ。だけど、それでもいいって言わないとそれっきりになっちゃうからしかたなく頷いただけで、ずっとセフレでいいなんて思うわけないいじゃないか。初めはセフレでも、いつか本気になってもらえるようにがんばってたのに、本命とうまくいったとたんにぼくはお払い箱って、あんまりだよ」

喋っているうちに興奮してきたようで、直哉は涙を滲《にじ》ませながら声高に章吾をなじる。

「それは……、本当に悪かったと思ってる」

痛いところをつかれて、章吾が語調を弱めた。

「それについてはなんども謝罪してきたが、いくら謝っても足りないと思う。本当に、悪いことをした。誰よりも悪いのはおれだ。だけどさ、大和にうそをつくなよ」

「自分は簡単に人を傷つけておいて、人にはうそつくななんて言うわけ」

「おれはいくら責めてもかまわないが、大和を巻き込まないでくれと言ってるんだ」

「大和は……」

直哉の泣き濡れた瞳が今度は大和に据えられる。

「大和はぼくが章吾とつきあってるの知ってたのに、平気で後釜《あとがま》にすわれちゃうんだね」

「平気だなんて、そんな……」

「ぼくがふられたのを知って、ほんとは喜んでた？」

「まさか」

「でも――」

「おい。やめろよ」

章吾が険しい声で直哉の言葉をさえぎる。

「大和だって苦しんでたことぐらい、直哉もわかってるだろう。責めるのはおれだけにしてくれ」

大和をかばう章吾の態度が直哉の神経を逆撫でしたらしい。直哉が怒った猫のように声を荒げた。

「なんだよ……ふたりしてばかにして……けっきょくぼくはふたりのだしに使われただけじゃないか……っ」

「そんなつもりじゃ――」

ばかにしたつもりもだしにしたつもりも毛頭ない。大和は直哉のそばに歩み寄り、震える華奢《きゃしゃ》な肩へ手を伸ばした。

「さわんないでよっ」

その瞬間、直哉が興奮したように叫び、大和を突き飛ばした。

「あっ」

よろめいた大和はとっさに足を一歩踏みだしたが、暗い床に落ちているなにかを踏みつけた。足がいきおいよくすべりバランスを崩す。ボールペンを踏みつけたのだと気づいたがどうすることもできず、横にあったガラス戸に背中から倒れこむようにぶつかった。古いガラスは薄く、大和の体重を支えきれずに派手な音を立てて割れる。

「——っ」

大小のガラスの破片が大和の上にいっきに降り注ぐ。衝撃に身動きもできない。

「大和！」

いち早く動きだした章吾に、ガラスの破片の中から引っ張りだされた。

直哉も頭にのぼった血が冷えたようで、おろおろと近づいてくる。

「ご、ごめ……だいじょぶっ？」

「ん……平気だ」

「平気じゃないだろっ」

大声で一喝したのは章吾だ。驚いて反射的に瞬きしようとしたら、左のまぶたの辺りに熱い痛みが走った。

「あ……痛……？」

生温かい液体が流れる感触を頬に感じ、手を伸ばそうとすると、章吾にとめられた。

「ガラスだらけの手でさわっちゃだめだ。病院に行こう」

「病院？」

そんなにひどい怪我《けが》なのだろうかと思ったが、どうもけっこうな深手らしい。喋っているうちにもぼたぼたと血が滴り落ち、Tシャツを赤く染めていく。自分では見えないし、痛いというより熱い感じでよくわからないのだが、血がとまらない。出血量にも驚く。痛覚よりも視覚的に衝撃的で、意識が遠のきそうになる。そして大怪我をしたのだと認識したら、徐徐に痛みを感じてきた。

はたから見てもかなり流血していて一大事に見えるのだろう、章吾の声はひどくシリアスだ。

「ほかに痛いところはないか」

「だいじょうぶ、だと思うが……」

「歩けるか」

「ああ」

左目は開けにくいが、右目は見える。片目だと遠近感が狂うが、章吾が支えてくれたので歩くのは問題なかった。

「うん？　どうした、大和か？」

自宅のほうにも騒ぎが聞こえたらしい。父がやってきて部屋の電気をつけた。

「なにか割れた音が――うわ」

惨状に驚く父に、大和が口を開くより先に章吾が言う。

「すみません。大和を医者に連れて行きますので、車を貸していただけますか」

「ああ、いま鍵《かぎ》を持ってくる」

章吾に抱きかかえるように外へ連れられて車へ乗り込む。父と直哉に見送られて出発し、近くの病院の夜間診療へかかった。

傷は左目のきわに一箇所、深いものがあり、三針ほど縫った。痛みどめのお陰で、処置を終えると痛みもなく目を開けられるようになった。

「傷跡は二ヶ月もすれば目立たなくなるでしょう。完全には消えないかもしれませんが」

一生とは言わないが長く残るかもしれないという医師の淡々とした説明に、大和は静かにはいと返事をして耳を傾けた。

「気になるほどじゃないと思いますけどね。目を傷つけなくて不幸中の幸いでしたね」

「そうですね……ありがとうございました」

礼を言って処置室から出ると、肩を落として待合席にすわっていた章吾が立ちあがる。

「目は」

「問題ないって」

被覆材の貼られた辺りを、章吾が痛ましげに見つめる。

「痛むか」

「平気だ。やくざみたいにハクがついたな」

心配をかけたくなくて冗談ぽく笑って見せた大和だったが、内心は気落ちしていた。

章吾はこの顔も好みだと言ってくれたが、本音はやっぱりかわいい顔のほうが好みなんじゃないかと疑う気持ちがある。十年間抱いてきたコンプレックスはそう簡単には解消しない。

――ただでさえかわいくもないのに、目立つ場所に傷までできて……。

助手席に乗り込むと、サイドミラーに映る自分の顔に目がいった。それを見るとどうしても気落ちしてしまい、話さねばならないことが山のようにあったはずなのに、口が重くなってしまう。章吾のほうもなにか考えごとをしているようだった。

家へ戻ると事務所の明かりはまだついていて、室内を覗くと父と直哉が割れたガラスの片づけを済ませていた。

「ただいま」

「大和。怪我……」

大和の顔を見るなり、直哉が駆け寄ってきた。顔色は青ざめ、目は真っ赤に充血している。

「だいじょうぶだ。ちょっと切れただけ」

「ごめんなさいっ」

直哉が目を潤ませ、深々と頭をさげた。

「怪我させるつもりなんてなかったんだ。ほんとに……」

「わかってる」

「それから……うそついて、ごめん。どうかしてた。ほんとに好きだったから、ちょっとくらいぐずっても許される気がして……自分の立場に酔っちゃってたのかもしれない。それがこんなことになっちゃって……」

うそをついていたことを直哉が自ら認め、謝罪してくる。その後頭部を見おろして、大和は静かに言葉を返した。

「怪我はたいしたことないから、気にしなくていい。うそついたことも、まあ……うそだったってわかったから、もう、いい」

直哉につかれたうそに対して思うところがないわけではなかったが、素直に反省して謝罪している相手を、それ以上責める気持ちは起こらなかった。

「大和……ごめん」

ほろほろと泣きだした直哉の肩を、そばにいた父が叩《たた》く。

「なんだか知らんが大和もこう言ってることだし、明日からまた元気に仕事してくれよ。もう帰って休め」

「でも」

大和たちが病院に行っているあいだ、動揺していた直哉を父は事情もわからぬままにこうして慰めていたのだろう。言い募ろうとする直哉の頭を父の大きな手がぐしゃぐしゃとかきまわすようになでた。

「いいって言ってるんだから、いいんだよ。もう遅いから寝よう」

「はい……」

父に促されて直哉が重い足どりで戸口へむかう。大和も見送りに玄関先までついていく。

「大和……」

扉に手をかけたところで、直哉がそっと見あげてきた。

「ほんと、ごめんね。……それから……、大和が怪我したときの章吾を見たら……、かなわないって思えたよ」

ちいさな声でそれだけ言って、直哉は足を速めて帰っていった。

大和はその背中を見送り、ひそやかな吐息をつくと、父をふり返った。

「親父。これから章吾んちに行ってくるから」

「なんだ、いまからか」

「明日は休みだし、泊まってくる」

「おう、そうか。じゃあ、俺はもう寝るぞ」

自室へ引きあげていく父も見送ると、大和はいったん自室へ戻って血だらけのTシャツを着替え、事務所で待っていた章吾の元へ戻った。

「行こう」

さらりと誘って外へ出る。

「ほんとにいまから、うちにくるのか？」

泊まるなんて話はしていなかったから、章吾がとまどったように覗き込んできた。

「だめか？」

「いや。こんなことがあったあとだし、おれのほうが大和んちに泊まろうと思ってたけど」

「俺の部屋は、となりが親父の部屋だから。ちょっとな……」

「……えっと。それって……」

「もう親父は寝る時間なんだよ。俺らの話し声が聞こえたらうるさいだろ」

「あ、そう……デスヨネ」

なにか期待をしていたようで、章吾が複雑な表情をして頬を撫でた。それから真顔になって尋ねてくる。

「でも、うちまで距離あるけど、熱が出ないかな」

派手な流血を目《ま》の当たりにしたせいで過保護になっているらしい。大げさに心配する章吾に、大和はちょっと笑った。

「たいした怪我じゃないって。行こう」

ガラスの破片がまだ身体についていそうな気がしたので、章吾の自宅へつくと、まず先にシャワーを借りた。持参した新しいボクサーパンツとパジャマ用のハーフパンツに着替えて居間へいくと、章吾がキッチンで湯を沸かしていた。

「なに飲む？　酒はやめたほうがいいよな。リラックスできるようにハーブティーみたいなほうがいいのかな」

「ハーブティーなんてあるのか」

髪を拭きながら、大和はソファにすわった。

「ないけど、飲みたければ買ってくる」

「いいって。なにもいらない」

けっきょく章吾は紅茶を淹れてくれて、マグカップをテーブルへ置くと、大和のとなりに腰をおろした。

ありがたく紅茶をひと口いただき、気持ちを落ち着けてから、大和はマグカップをテーブルに置いた。

「俺、章吾に謝らないといけない」

「なにを」

「このところ、避けていて悪かった。直哉とおまえと、どっちを信じたらいいのかわからなくなって」

頭をさげようとすると、章吾の手に押し留《とど》められた。

「それは、おまえが好きなくせにほかのやつとつきあってたおれが悪い。ごめんな」

章吾がうなだれる。

「おれたちさ、十年間もつるんできたわけだよな。だからそれなりにおれのことはわかってもらえてると思ってたんだ。だけどさっき距離を置こうって言われて、それが、ほかのやつのひと言に影響された発言だってわかって、かなりショックだった。なんで信じられないんだって、怒ってもいた。直哉を事務所へ呼ぶ前までは」

「…………」

「だけど、こんなに傷つける結果になって……これじゃ、信用できるわけないよな」

章吾の力のない声が静かに響く。

「直哉があんなまねをしたのも、怪我をさせたのも、おれの責任だ。ごめんなんて言葉で軽く謝れることじゃないってわかってる。なんて謝ればいいかずっと考えてたんだが、言葉がみつからなくて……」

「怪我は事故だろ。おまえのせいじゃない」

「いや。おれのせいだろう」

章吾が膝に肘《ひじ》をついて手を組み、苦しそうに眉を寄せる。

「迷わせて、身体も心も傷つけた。誰より大事なのに……。こんなとき、女の子だったら責任とらせてとか言えるんだけどな」

「女の子相手にそれ言ったら、冗談にならないだろ」

「冗談になんかしない」

大和は章吾の横顔を静かに見つめた。

ここへ来るまでに考えていたことがあった。言おうか迷っていたのだが、こんなに殊勝な態度を見せられては黙っていられず、思い切って踏みだしてみたくなった。

「じゃあ……責任とるとかじゃなくていいんだが……」

「うん？」

「……抱いてくれるか……」

蚊が鳴くような小声で誘った。

呼吸していた章吾の胸の動きが、そこでとまる。

「え……？」

章吾の顔が油の切れた機械のようなぎこちなさでこちらをむく。

穴が開きそうなほど見つめられて、大和は逃げたくなりながらも声をふり絞った。

「なんというか……、さっき、身の危険を感じて思った。人間いつなにが起こるかわからないから……死ぬ前におまえに抱かれておきたい」

「……いい、のか……」

押し殺した声。章吾の胸の動きが再開する。

「おれのこと、信用できたのか？」

大和はこくりと頷く。

「おまえこそ、顔に傷がある男でも抱けるなら」

「あたりまえだ。そんなの関係ない」

「でも……ただでさえかわいくないのに、見苦しくてその気にならなかったりとか」

「だ、か、らっ」

章吾が急に声を荒げ、大和の両肩をつかんで抱き寄せた。

「なんど言えば――いや、なんどでも言う。その切れ長の目とか、ぞくぞくするぐらい好きなんだよ。流し目なんかされた日には、押し倒したくなるのをこらえるのに必死なんだぞ。その目で風俗嬢を見つめていやらしいことをしてんのかと想像したりすると、もうさ、おれだけ見てろよって言いたくなって……っ」

風俗嬢と言われて、大和は目を泳がせた。

「あー……」

風俗どころか、本当はまったくの未経験だということを章吾は知らない。二十六にもなって童貞だなんて気持ち悪がられそうだし恥ずかしいが、これから抱きあうとなると正直に言っておいたほうがいいのだろうか。

「その……じつは、風俗に行ったこと、ないんだ」

「え？」

「おまえが好きだってばれないようにと思って隠してたけど……その、したこと、ないんだ」

「したことないって……エッチを？」

章吾が驚いた様子で凝視してくる。

「まさか……いちども？」

「……いちどもない。誰とも。キスしかしたことない。直哉とのキスがファーストキスだって言ったとき、変に思わなかったか？」

「それは……、あれ？　とは思ったけど、風俗にもいろいろあるだろうし。キスはしてなかったのかな、と……」

そこまで言って、章吾は黙ってしまった。ごくりとのどが鳴る音が聞こえた。

「ええと、だから章吾、そういうことなんで、うまくできないかもしれないけど」

急激に飢え渇いたかのように見つめてくるまなざしに耐えられず、大和は俯いた。顔といわず耳も首も火が出るほど熱い。きっと全身が真っ赤に染まっているだろう。

「……だいじょうぶ。ベッド、行こう」

興奮しきったようなかすれた声に誘われ、腕をとられて立ちあがった。

寝室へ行くとベッドにすわるように促され、章吾が間接照明をつけてとなりに腰かける。

色っぽい目つきで覗き込まれた。

「怪我の痛みは？」

「平気だ。麻酔が効いてるし」

大和は緊張でカチカチになりながら首をふった。怪我は麻酔のお陰でたいした痛みはないが、もし痛かったとしてもたぶんそれどころではないだろう。

これからはじまるであろうことを想像すると、それだけで頭がくらくらしてくる。好きな人の目の前で全裸になって、あんな格好やこんな格好をしなければならないと思うと怖気《おじけ》づいてしまうが、恥ずかしい思いを我慢してでも、抱かれたいと思った。

「大和……」

章吾が生唾《なまつば》を飲み込む。章吾のほうも、興奮を抑え切れない様子で大和の肩に腕をまわしてきた。

「怪我のことを思うと、本当は今夜は安静にしていたほうがいいんだろうけど……ごめん。ちょっと、我慢できない」

肩を抱かれ、熱い吐息でささやかれる。

「痛みだしたら、言ってくれ」

そっと顔を寄せられ、大和はおずおずとそちらへ顔をむけた。唇が重なり、ついばむようなキスをなんどかくり返すと、舌が潜り込んでくる。すぐに舌を探り当てられ、絡んできた。

「ん……」

丁寧さは前回のキスとおなじだが、それよりも格段に濃厚で、徐々に息があがり、身体の熱もあがっていく。

キスをしながらTシャツの上から身体に手を這《は》わされ、興奮が高まってくる。身体の熱をどうしたらいいかわからなくて章吾の胸に縋りつくと、優しく背を撫でられた。それからTシャツのすそを引きあげられる。

「手、あげて」

ささやかれて、促されるままに両手をあげると、Tシャツを脱がされた。そしてゆっくりとベッドに押し倒される。

上にのしかかってきた章吾の右手が、壊れものを扱うような手つきで鎖骨の辺りをふれてくる。その指先は、すこし震えているようだった。

「はは。おれ、興奮しすぎ」

自嘲するように笑う章吾の瞳は、熱に浮かされたように大和の胸に注がれている。

「ずっと、こんなふうにおまえにさわりたかった……」

章吾が覆いかぶさってきて、首筋にキスを落とす。手が鎖骨から胸元を撫でていき、それに続いて舌が這っていく。

「ん……っ」

指先が乳首にふれた。そこはほかの肌よりも格段に敏感で、章吾の指の感触を感じた。指の腹でいじられ、続けて舌で舐められると、すぐに硬く勃《た》ちあがり、ものほしそうに赤みを帯びる。片方を舌で、もう一方を指先で同時にいじられたら変な声をあげそうになってしまい、慌てて唇を嚙み締めた。

「感じる？」

「わ、かんな……っ」

初めての行為は想像していたのとは違い、なにもかも刺激が強すぎた。なんと言っていいのか判別がつかなかったが、くすぐったいだけではない。それとは異なる感覚がたしかにあって、もてあそぶようにそこを舐められると、それにあわせてびくびくと身体が跳ねた。そんな自分の反応が恥ずかしくて取り乱しそうになるが、必死にこらえて顔を横にむけた。

「嫌だったら、我慢しないで言って」

「い、嫌、かも……」

「なにが？」

「……見られてるのとか、さわられるのとか」

「それを嫌がられたら、なにもできなくなるんですけど」

そうなのだけれど。

慣れてないからなにもかもが恥ずかしく、叫びだしたい気分に駆られる。普段の自分を保てない。いっそのこと、一足飛びに最終段階へ移ってさっさと終わらせてほしいような気持ちにすらなってくる。

章吾がくすりと笑う。

「恥ずかしい？」

「そりゃ……」

「大和、すごくかわいい」

「……っ」

「声だしたかったら、我慢せずにだして。大和のいい声、聞きたい」

乳首をちゅっと吸われて、甘い疼きで腰がじんときた。

「……っ……、……」

漏れそうになる嬌声《きょうせい》を歯を食いしばってこらえると、章吾が手をとめた。

「なんで、聞かせてくれないんだ」

「……だ……って、変だろ」

自分のような男の喘ぎ声など聞かせられない。聞かせるつもりはないからもちろん練習もしていない。聞きたいと言われたからって素直に声をあげて、気持ち悪がられた日には目もあてられないではないか。

そんな大和の不安を杞憂《きゆう》だと一蹴《いっしゅう》するように、章吾が熱っぽい声でささやく。

「変じゃないって。つか、変なところ、見せて。ありのままの大和が好きなんだ。だから、全部さらけだしてほしい」

な？　と駄目押しに色っぽいまなざしで覗き込まれても、どんな反応を返せばいいのかわからず、ますます顔を赤くするばかりだ。

その困った表情を見た章吾はとりあえずはそれで満足したようで、愛撫が再開される。大和の快感のポイントを探すように、章吾の手と舌は乳首だけでなく上半身をまんべんなくまさぐっていく。とても丁寧に優しくされていることは伝わったが、緊張と興奮の極みにある大和はそれをじっくりと堪能する余裕などなく、広い背中に必死にしがみついて息を乱すだけだった。

「腰、あげて」

言われて腰をあげると、ハーフパンツを抜きとられた。続けて下着もおろされそうになり、大和はとっさにそれを防ぐように下着を押さえた。

「あ……、その」

抱いてとねだったのは自分のほうなのに、なにをしているのかと自分でも自分の行動がわからなくてパニックしていると、下着を押さえる手に章吾の手がやんわりと重ねられた。

見あげると、熱に満ちた真剣なまなざしに諭される。

「だいじょうぶだから。気持ちいいことしかしない。大和が痛かったり嫌なことはしない」

「う」

こんなふうに乙女みたいに恥らうのは自分には似合わないはずだ。それにこんな場所は誰にも見せたくないが、章吾にならら……と己に言い聞かせ、羞恥《しゅうち》を押し殺して手をどけると、するりと下着をとり除かれる。

外気に晒された中心はすでに硬くなっている。温泉などで陰部を晒すことはあっても、勃起した状態のものを誰かに見せることは、まずない。それを章吾に見られていると思うと死にたいほど恥ずかしくて隠したくなったが、手を伸ばすより先に章吾の手に包まれた。形を思い知らせるように、さわさわと撫でられる。

「あ……」

「嬉しいね。ちゃんと感じてくれてる」

章吾が大和の脚のあいだで身を屈《かが》め、それに唇を寄せる。ぺろりと先端を舐められた。

「ひぁ……」

裏筋を舌先でなぞられ、いやらしい舌使いで丹念に舐められ、口に含まれた。

「そんな……、そんな、こと……っ」

乙女な童貞には刺激的すぎる。うろたえる大和に構わず、章吾の舌が卑猥《ひわい》に動く。

「あ……っ……ん……ぁ」

誰にもさわられたことのない場所を、好きな男にそんなふうに愛撫されて、はじまったばかりだというのにもうやめてくれと言いたくなった。そんな気持ちとは裏腹に、そこは刺激されたぶんだけ硬く怒張し、先走りを溢れさせる。

そこを自分の手でいじったことはあっても、口淫されたのは初めてだ。熱い口の中で嬲《なぶ》られることがこれほど気持ちいいものとは知らなかった。

「しょう……ご……っ」

ぬるぬると舐められ、吸われ、気持ちよくて内腿が震える。下腹部にずしりと熱が溜《た》まり、じっとしているのがたえられなくなってシーツをつかんだ。

胸を喘がせて快感を逃がそうとするが、気持ちがよすぎて、あっというまに高みへ追いあげられてしまう。

「だめ、だ……っ」

このままだと達きそうになるほど熱が高まったとき、ふいに章吾の唇が離れた。

「ごめん。最初だから、いっしょに達っていいか？」

章吾が微笑《ほほえ》む。その表情は微笑んではいるものの、せっぱ詰まったような余裕のなさが滲んでいた。

「大和が達く顔、見たいから。フェラだと見れないから」

いっしょに、というのは大和も望んでいたことだったので頷きかけたが、達く顔が見たいなどとさらりと恥ずかしいセリフを続けられて、顔が熱くなった。

章吾が身を離し、自分の服を手早く脱いだ。一見細身に見える章吾だが、服を脱ぐと大和よりもたくましく、均整のとれた身体つきをしていた。ズボンから現れた中心も、大和とおなじほどに興奮して反り返っている。

章吾はサイドテーブルから潤滑剤をとりだすと、それを手のひらにだした。

「ちょっと、冷たいかも」

そう言って、大和の内股《うちまた》や中心にそれを塗り広げた。そして両脚を折りたたむように上へ持ちあげる。

「章吾……？」

未経験とはいえ男同士では後ろを使うことぐらいは大和だって知っている。しかし後ろにはなにも施されていない。それなのに秘所を晒される恥ずかしい格好にされて、なにをされるのかと不安になって名を呼ぶと、安心しろと言うように足首にくちづけが落とされた。

「だいじょうぶ。後ろには挿《い》れない」

胸に抱えるように折りたたまれた両脚は、大和の中心を内側に挟むようにして閉じられた。そしてぴったりと閉じた太腿のあいだに章吾の硬い猛《たけ》りが割り込んでくる。

「あ……」

潤滑剤のぬめりを借りて突き進んできたそれが、大和の竿《さお》の裏筋をこすりあげた。章吾が腰を動かして抜き差しするたびに、大和のものも刺激していく。

「どうかな……ちゃんと気持ちいいか……？」

「ん……っ……」

ふたつの猛りがこすれあうたびに、ぬちゃぬちゃと淫猥《いんわい》な音がして、それがいっそう興奮を高める。

股に挟まれて逃げ場のない猛りをなんどもこすられて、甘い痺《しび》れが鋭く腰をつきぬけ、全身に広がっていく。

あまりの気持ちよさに喘ぎ声が出そうになる。しかし声をだすのは恥ずかしいし、変な声をだしたら章吾が萎えてしまうんじゃないかと心配で、必死に唇を噛み締めてこらえる。興奮した顔を上から見られているのがたまらなくて腕で顔を覆ったら、章吾が腰を動かしながらすこし身体を倒してきた。

「顔、見せて」

「や……、ぁ……」

「大和の顔、見ながらしたいんだけど」

首をふると、しかたないなと言うような苦笑のにじんだ吐息が耳に届いた。やがて章吾の腰使いが徐々に速まり、快感が高まる。こすられる部分が熱くて、たまらなく気持ちがよかった。

「く……章吾……っ」

「達きそう？」

「ん……達く……っ」

「おれも……」

荒い息使いが上から届く。内腿の柔肌をこする猛りは自分とおなじほどに熱く硬い。大和を気遣っているが、本当は章吾も余裕がないほど昂《たか》ぶっているのが感じとれた。

身体中の熱と浮遊感が高まり、欲望がいっきに高みへ押しあげられる。

「──っ」

まぶたの奥に閃光《せんこう》が走り、身体を震わせて白い欲望を解き放つと、ほぼ同時に章吾も低いうめき声を漏らして吐精した。

快感が収まるまもなく両脚を解放され、上に覆いかぶさってきた章吾に頭ごと抱えるようにぎゅっときつく抱きしめられた。

男の身体の重みを感じながら、大和はその背に腕をまわす。すると章吾が嬉しそうに笑って頬を摺り寄せてきた。

「落ち着いたら、いっしょにシャワー浴びようか」

まだ続きがあるのかと思っていた大和は、そのひと言で、おやと思った。腹に挟まっている章吾のものは依然として硬く張りつめている。いちどでは満足していないことは歴然としているのに、これで終わりにするつもりなのだろうか。

「えっと……このあとは風呂入ったあとでするってことか？」

「いやいや。大和は初めてだし、怪我もあるのに、そんな無理はさせられないだろ」

「これで終わり？」

「もっとするか？　だいじょうぶそうなら、じゃあ今度はすわってしようか。それともいまとおなじほうがいいか」

「後ろは、使わないのか……？」

おずおずと尋ねると、章吾の手に髪を優しく撫でられた。

「んー。でも、なあ。必ずそうしなきゃいけないもんでもないんだし。そういうのはまたの機会にしようか」

「どうして」

直哉は、初めから激しくされたと言っていた。自分も最後までちゃんとしてほしかった。これで終わるのはなんだか放りだされたようで不安に感じられる。

「直哉とか、いままでつきあったやつとは初めからしたんだろ」

章吾の目を真剣に見つめて言う。

「だったら俺にも、してほしい。最後まで、抱いてほしい。怪我なら問題ないから」

嫉妬心を隠さずに頼むと、章吾の眉間にしわが寄った。

「おまえね……」

「嫌か？　俺とは、したくない？」

もしかして、自分にあまりにも色気がなかったせいでやる気が失せたのだろうか。でも章吾のものは萎えていないし、などとあれこれ悩みそうになっていると、章吾に睨まれた。

「じゃなくて……せっかく、自制してるのに」

章吾は怒ったように言うと、大和の後ろへ手を伸ばした。

「絶対傷つけたくないし、大事にしたいんだよ。だけど今日はいろいろあったせいで暴走しそうだから我慢してたのに……、そうやって無邪気に煽るなよ」

「んなこと……っ、んっ……」

潤滑剤をまとった指が秘所にふれた。

「したくないか、なんて。めちゃくちゃしたいに決まってるじゃないか」

人差し指が入り口の表面を撫でる。すこしずつ圧をかけてこすられ、そこが熱を持ってきた頃、ぬぷりと入ってきた。身体の中に指が入ってくる感触は想像以上に強烈で、身体がこわばる。

「く……っ」

「力、抜いて」

眉を寄せたら、そこで指の侵入がとまった。

「深呼吸して、楽にして」

言われたとおりに深く呼吸をすると、また指が入ってくる。章吾の長く骨ばった指が奥にむかって進んでくる感触がはっきりと感じとれて、力を抜きたいのに逆に締めつけてしまう。

「大和……キスしようか」

章吾がそこに指を入れたまま、顔を寄せてきた。しっとりと唇を重ねられ、深く舌を入れられる。

「ふ……ん……」

舌を絡めあうキスに夢中になっているうちに、身体の力がほぐれてきたようで、下に挿れられた指がゆっくりと動きはじめた。それに気づいて意識がそちらへいきそうになると、とたんに舌を強く吸われ、キスに集中させられる。

「指は気にしなくていいから。キスのことだけ考えて」

意識すると身体がこわばってしまうから、キスで気持ちを散らしてくれているようだった。

大和は素直にその言葉に従って、章吾の唇と舌の感触を味わい、おずおずと己の舌を差しだした。

ぴちゃぴちゃと音をたてて長いキスをする。そのあいだに後ろでは指を増やされ、入り口を広げられ、奥まで抜き差しされた。

指の動きは徐々にスムーズになり、奥までものすごく広げられて、ぬちゃぬちゃとかきまわされる。

気にするなと言われても、強い刺激を与えられて気にならないわけはない。それでも必死に気持ちを紛らわせようとしていたとき、とある一点をこすりあげられた。瞬間、うねるような快感を感じて身体が仰《の》け反《ぞ》った。

「あ、あ……っ！」

唇が離れ、章吾に顔を覗き込まれる。

「ここか」

その場所をもういちどこすられると、中の粘膜が蕩けそうになった。抑えきれない快感が身の内に広がり、慄《おのの》いて章吾を見あげた。

「あ、な、なに……っ」

「大和のいいところだろ」

章吾の指が、そこを狙ってこすり、抜き差しする。たまらず目の前の身体に縋りついて声をあげると、章吾が頬を緩ませた。

「かわいいな……。大和の中、すごく動いてるのわかるか？」

「そ、んなの……あ、ん……っ、あぁ……っ」

恥ずかしいやら顔を見られたくないなどと言っている余裕は、もうなかった。わけのわからない快感を与えられ、恥ずかしいのに声をあげることをとめられない。

「やばいな……そんな声だされたら」

大和の顔を見おろす章吾が、欲情して熱くなった息を吐きだした。

「あ……、こ、声……ごめん……っ、あ、んっ……」

「なんで謝るんだ」

「だって、やばいって……、……っ」

章吾が頬にキスを落とす。

「やばいっていうのは我慢できなくなるってこと。すげー色っぽくて、興奮する」

「っ……ほんと、か……？」

確かめてみろというふうに、章吾が腰を押しつけてきた。硬い感触に、大和はかっと赤くなる。

「あ……」

「早く、入りたい」

自分の声を聞いても章吾は萎えず、それどころか興奮するという。恥ずかしいけれどそれはとても嬉しいことだった。

「……っ、だったら……我慢、なんか、しなくて……っ」

「そりゃするでしょ。早く入りたいけど……、おれとエッチしてよかったって思ってほしいからな。またなんどでも抱かれたいって思ってもらえるくらい、初めてでもちゃんと気持ちよくしてやりたい」

「あ、あ……っ」

こちらを気遣ってくれる男に大和は身も心もゆだね、縋りついた。そこを慣らす作業はしばらく続き、本番でもないのに散々喘がされ、受け入れる体制が整った頃にはそこだけでなく身体全体がくたくたで力が入らなくなった。

「挿れるから、そのまま力抜いてろよ」

力の抜けた脚を大きく開かれ、腰の下に枕を添えられる。章吾の猛りが入り口にあてがわれた。

恥ずかしい格好をさせられていると思う。これからはじまる行為にも緊張して血流がどっと速まり、自分の心臓の音しか聞こえなくなる。しかし念入りな前戯で疲れた身体は、よけいな力を入れようにも入らないので、こわばることなくうまく受け入れられそうだった。

深く息を吸い、吐きだしたときに、タイミングをあわせたように硬い感触がゆっくりと中に入ってきた。

「は……、んん……っ」

章吾の形に身体を開かれてゆく。

ものすごい体積に息が詰まりそうになる。しかしそれよりも大きな感情のうねりが身体の中で巻き起こった。

そこを初めて開かれる感覚は、痛みでも快感でもなく、純粋な感動だった。

章吾のものはとても大きくて長くて、そんなに奥まで、と驚くほど奥深くまで入ってきて、その存在を主張してくる。

粘膜がその形を感じる。自分の身体も熱いが、受け入れたその塊はそれ以上に熱く燃えるようで、章吾の熱をじかに感じられた。

「辛くない？」

荒い息を漏らしながら、章吾が尋ねてくる。

「……入ったか？」

「ああ。奥まで、全部入ってる」

——章吾と繋がってるんだ。

これでひとつになれたのだと思ったら、胸の奥から熱いものが込みあげた。

「……っ……」

急激に湧き起こった感情により、視界がぼやけ、まなじりから大粒の涙が溢れる。

「え、あ、痛いか？　ごめん……っ」

いきなり泣きだした恋人に、焦った章吾が身体を引こうとしたが、大和はとっさに腕を伸ばして引きとめた。

「ちが……っ」

顔をふったら、また涙がこぼれた。

「違うんだ」

「……なに？」

章吾の指が優しく涙を拭ってくれるが、あとからあとからとめどなく涙が溢れてとまらない。

包み込むようにふれてくる大きな手のひらに、頬を摺り寄せた。

「嬉しくて……」

章吾とひとつになれたことが、嬉しかった。

「ずっと、こうされたかったんだ……」

そう告げると、見おろしてくる華やかな顔が、痛そうな表情を浮かべた。

「……おれも」

章吾が短く言って身を倒し、キスを落とす。そして慎重に身体を動かした。

「あっ……ぁ、あ……っ」

ずるりと引き抜かれる感触に、大きな声が出てしまう。なかばまで抜かれると、ふたたび入ってくる。

「や……っ、章吾……、んっ……待っ……っ」

「痛むか……?」

章吾が奥歯を食いしばって動きを遅くする。

「そうじゃ、ないけど……っ」

しっかりと濡らされてほぐされたそこに痛みはない。しかし刺激が強すぎて、意識を保っ

ていられない気がした。身体の中の神経をじかにさわられてこすられているような感覚で、先ほどまでとはまた異なる涙が溢れ出る。

「ごめ……っ」

息を乱しながら、どうにか気持ちを伝えた。

「だから、なんで謝るんだ」

大和は違うのだと首をふった。今度の謝罪は声のことではない。

「慣れて、なくて……」

「……ばか」

律動がいったんとまった。章吾が手近にあった大和の膝頭にくちづける。

「ったく。そういうところ、かわいいんだよな」

「な……」

「ちょっと、待ってろ」

章吾が興奮した息を吐きながら、先ほどよりもゆっくりと腰を動かす。同時に、大きな手に中心を握られた。後ろを抜き差しされながら、それにあわせて前も刺激される。すると前への刺激から快感が生まれた。

「あ……」

「後ろはさ、こう……したほうがいいか」

章吾がそう言いながら、中を抉《えぐ》る角度を微妙に変えた。すると、それまでは強い刺激としか思えなかったものが、甘い疼きに変換された。

「どう？」

指で探られたあの部分を、もういちど、今度はすこし強く突かれる。

「あ、あぁっ」

とたんに強い快感を感じて嬌声があがり、腰が跳ねた。その反応を見た章吾が腰を抱えなおし、絶妙な力加減で二度三度と突きあげてきた。身体の奥からさざ波のように快感が押し寄せてきて、大きくなる。

「正解、みたいだな」

「だ、だめ……っ、そこ……あっ、あ……っ」

「だめ、じゃないよな？」

訊かれても、答えられない。理性が崩壊するほどの強い快感だった。

力強く押し入られるたびに、そこから身体が甘く溶けていく。

章吾が入っているそこが熱くて、こすられるたびにわけがわからなくなるほど気持ちよくなり、無意識にきゅうきゅうと締めつけた。

「あ……っ、章吾……、こんな……、どうして……っ」

「気持ちいいか？」

「ん……っ、あ、あ……っ、や、ん……っ」

初めてなのに。挿れられてすぐなのに、頭がおかしくなりそうなほど気持ちがよかった。経験豊富な章吾だから上手だろうとは予想していたし、気持ちよくしてやるとは言われたが、まさかこれほどの快感を与えられるとは予想していなくて、溺《おぼ》れそうで怖くなる。縋るものがほしくて手を伸ばすと、章吾の手に握り締められ、ベッドに縫いつけられた。

「あ……、や、ぁ……っ」

「ん？　嫌？　抱きつく？」

「ちが……っ、いい……っ、すごく、気持ちい……っ」

尋ねられているのは手のもっていき場所だったのだが、快感の奔流に飲まれている大和はちぐはぐな返事を返した。

「そっか。よかった。泣くほど気持ちいいんだ」

章吾が嬉しそうに身体を屈めてきた。目尻を舌先で舐められ、自分がふたたび泣いているのに気づいた。感動のためではなく、気持ちよすぎて涙腺が壊れたらしい。

「おれも、すげー気持ちいい……。そろそろ、速めてもだいじょうぶか」

大和の様子を見て、章吾が腰の動きを速める。杭《くい》を奥までずっぷりと打ち込まれ、痺れを伴う甘い衝撃に背が反り返る。

「あ、ああ……っ、ん……あ……っ」

抜き差しされればされるほど快感が増大する。硬く勃ちあがったピンクの乳首も、慣れない中心も、身体を揺すられるたびに歓喜に満ちてぷるぷると震えた。とくに章吾を受け入れている場所は熱い杭を嬉々として呑み込み、もっと深い快楽を得ようと貪欲に蠕動《ぜんどう》している。打ち込まれ、引き抜かれるたびに、潤滑剤と体液の入り混じった液体がぐちゅんといやらしい音を立てながらそこから溢れる。尻の割れ目から腰へと伝い、流れ落ちていくその感触にまでぞくぞくと感じてしまった。

章吾の見おろしてくるまなざしがいつも以上に壮絶な色気を放っていて、その視線だけでも腰にくる。彼の荒い息遣いにも感じてしまい、体温があがる。

「ん、っ……あ、章吾ぉ……っ」

身体が火照《ほて》り、熱くてどうしようもない。

この熱を、どうにかしてほしかった。

初めてなのに、まるで淫乱みたいだと思えた。こんなに乱れて感じまくってしまうのは恥ずかしいのに、身体中から弾けるような快感が次々に生まれ、抑えきれない。

喘ぎ声など聞かせられないと思っていたはずなのに、ひっきりなしに嬌声が出てとまらなくなっていた。

章吾に見られているとわかっているのに、いやらしい声でねだり、夢中で腰をくねらせてしまう。

「あっ、ァ……っ、んっ、章吾……しょうご……っ」

「は……大和、色っぽすぎ」

色っぽいと言われても、あれほど恥ずかしかった喘ぎ声を出していても、もう、快楽に呑まれた大和は気持ちよすぎてなにがなんだかわからない。

「……ごめん。おれのほうが、もうだめだ」

大和の反応についに耐えきれなくなった章吾が腰の動きを激しくさせた。ベッドが軋《きし》むほど激しく身体を揺すられ、繋がった部分からさらに深い快感を送り込まれる。それは急激に膨らんで身体中に満ち、大和を絶頂へと引きあげる。

「あ、あっ……、し、章吾……っ、ん、もう……だめ……っ」

「ああ……」

奥のいいところをなんども突かれ、そこはもうぐちゃぐちゃに蕩けきっているのにさらに攻めたてられた。前をいじる手の動きも激しくなり、前も後ろも揉《も》みくちゃにされ、大和を高みへと追いあげる。

内腿がひくひくと痙攣《けいれん》しだし、こすられている中心も震え、込みあげてくる射精感で頭がいっぱいになる。

「章吾……っ」

欲望が最高潮に達した瞬間、ひときわ奥を突きあげられ、頭が真っ白になるほどの開放感が訪れた。

「――っ」

シャンパンの泡のように細かな粒子がまぶたの奥でちかちかと点滅し、これまで経験したことのない快感が背筋から全身へと広がって弾ける。それとほぼ同時に章吾がちいさくうめき、身体の奥で動きをとめた。

章吾の身体がびくんと大きく震える。身体の中に収まっているものも、震えたような気がした。眉を寄せる章吾の表情は、いままで見たどんな顔よりも色っぽかった。

身体の震えが収まると、息をついた章吾が覆いかぶさってきた。彼の腕に抱きしめられることで、解放の余韻がより甘いものとなった。

「……だいじょうぶか」

「ん」

章吾の楔《くさび》が身体から抜ける。するととろりとしたものがいっしょに流れ出てきて、章吾が自分の中で達ってくれたことを知った。

お互いの身体はまだ熱く、重なる胸から伝わる鼓動は速い。静かに見つめてくる章吾のまなざしも熱く、そして蕩けそうに優しい色をしていた。

「大和、ありがとうな」

「……こっちこそ……」

「はは……幸せ」

優しく腕に抱かれ、髪を撫でられる。

じんわりと胸に込みあげてくる感情を抑えきれず、大和はまた涙をこぼして幸せを嚙み締めた。


彼岸も間近になると、日中もしのぎやすくなり、陽が暮れる頃にはめっきり涼しくなってきた。

仕事を終えてトラックから降り、首にかけていたタオルをはずしながら事務所へ足を踏み入れると、直哉が明るい顔を見せた。

「お疲れさまっ」

眩《まぶ》しいほどにかわいらしい笑顔を浮かべ、手にしていた書類を投げ散らすいきおいで立ちあがる。

「待ってね。いまお茶淹れるねっ」

話しかけているのは大和ではない。その後ろにいるバイトの大学生である。すこし前に入ったこの新人は直哉の好みのタイプなのだそうで、章吾のことなどすっかり忘れたようにアプローチしている。

あれから二ヶ月が経過していた。

目のきわの怪我は完治し、傷跡もほとんど目立たなくなっている。

直哉のうそには、大和はすくなからず傷ついたし悲しい思いをしたが、改めて考えてみても、直哉を責める気持ちにはならなかった。本命になりたいがために必死になってしまったという直哉の気持ちはわからないものでもない。また、章吾を奪った罪悪感も強くあった。

直哉のほうも大和にうそをついたことを深く後悔し、怪我を負わせたことを気にしていた。そのため初めのうちはぎくしゃくしていたのだが、いまではわだかまりも薄れ、以前と変わらぬ仲に戻っていた。

自然に元に戻れたきっかけは、新人バイトとの顔あわせのときに、「この子タイプだ」と直哉が漏らしたことだろうか。この新人がやってこなかったらまだぎくしゃくしていたかもしれないと思うと、感謝しきりである。

彼が直哉のことをどう思っているのかはまだわからないが、大和としては、直哉の新たな恋がうまくいくように全力で応援したいところである。

「直哉さんって、フットワーク軽いっすよね」

かいがいしく新人の世話を焼く直哉を横目に、翼が話しかけてきた。例によって大和からは怪我をした理由を話していないが、聡《さと》い翼と口の軽い直哉である。ちょっとしたいざこざがあったことは、翼にも伝わっている。

「そこがあいつのいいところというかなんというか」

「俺は、そんな簡単に気持ち変えられないですけどね……」

ぼそりと呟かれた声にどう答えたものかと詰まっていると、翼は大和の困惑に気づいていながら重ねて言う。

「いまは彼氏さんにかなわないかもしれないですし、大和さんが幸せならいいんですけど。でもいずれは、と思ってるんで」

「………」

応えられないのが申しわけない。翼にもいい相手が現れることを願わずにはいられない。

「お茶淹れたよー」

「あ、すみません。俺、もう帰らないと」

翼は用があるとかで、あいさつして帰っていった。

「悪い。俺もだ」

大和も、今日は章吾と約束があった。

「もう。いらなかったなら先に言ってくれないかなあ」

怒っている体裁をとりながらも、新人とふたりきりになれて嬉しそうな本音が透けて見える直哉に、大和もいちおう体裁を整えて謝罪の言葉を送り、自宅へ戻った。それから急いで着替えてから陽が落ちる前に章吾の家へむかう。

「仕事、お疲れさま」

到着して居間へ通されると、章吾がレンタルＤＶＤを見せてきた。

「ホラー、観ようぜ」

「……あ……」

「なに？」

「……いいけど」

じつは苦手なのだといまさら言いだせず、大和は微妙な顔をしつつソファにすわった。

部屋が暗くなり、映画がはじまる。またもや苦手な和物だ。

前回いっしょに観てから二ヶ月ちょっとしか経っていない。いままでは半年にいちど程度だったが、もしかしたらこれからは、しょっちゅう観ることになるのだろうか。

それとなく伝えたいなあと思いながらもモニターを観ていると、となりにすわった章吾がおなじように前を観ながら、おもむろに手を差しだした。

「怖かったら、おれの手、握ったら」

「え」

章吾がこちらへ目をむけ、楽しそうに口角をあげた。

「ホラー、ほんとは苦手だろう」

その口ぶりは、昨日今日気づいたという雰囲気ではなかった。

「な……知ってたのか」

「そりゃねえ。となりで盛大にびくびくされたら」

大和は口をパクパクさせて絶句し、それから大声をあげた。

「な、なんで知らないふりしてたんだよっ」

「だって、かわいいんだもん」

返す言葉がなく、絶句して顔を赤くした。そんな大和を章吾が目を細めて見つめる。

「怖いくせに、でも強がってるところがめちゃくちゃかわいくて、しかもその晩はお泊まり確定なんだから、そりゃ知らないふりするでしょう」

章吾が映画を停止したが、大和は驚きのあまり気づいていない。

「なんで……なんで……」

「半年にいちどの自分へのご褒美だったんだけど、もう、ホラー映画がなくても泊まってくれるし、そうやってかわいい顔も素直に見せてくれるから、話してもいいかなあと」

「おまえな——」

文句を言おうとしたら、キスで口を塞がれた。

甘い感触が幸せで、ささいなことに文句を言おうとしたことがばからしくなってくる。うやむやにされたことは百も承知で、大和は恋人の背に腕をまわした。

昼下がりのコースター

引越し屋で土日が忙しい大和《やまと》と、会社勤めで平日が忙しい章吾《しょうご》では、休みがなかなかあわない。

大和と最後のホラー映画観賞をしてからふたたび会えたのは、それから二週間後の昼下がりのことだった。

「持ってきたけど……」

シャツにジーンズというういつもの格好でマンションへやってきた大和は、居間に入ると手にしていた紙袋をちょっとあげてみせた。二週間ぶりの逢瀬《おうせ》に浮かれている章吾とは対照的に、大和のほうはわずかに眉《まゆ》を寄せ、困惑した表情を浮かべている。

「じゃあ、さっそく見せてもらおうかな」

章吾はにこにこして大和の手を引き、ソファの前へ連れていった。

「俺はいいけどさ……見てても楽しいもんじゃないぞ」

「まあいいから。大和はおれのことは気にせず編んでいてくれればいいよ」

ソファにすわった大和が紙袋からとりだしたのはレース糸と編み針だ。

先日電話で話をしたときにふと思いついて、編んでいるところを見せてくれと頼んだのである。

大和の趣味がレース編みだということは知っているが、じつはこの十年、編んでいるところを見たことがないのだ。

外に持ち運んでするような趣味でもないし、大和は恥ずかしがって自宅でしかやらない。ふたりきりになると襲いそうだったからあまり家に遊びに行ったことはなかったし、いまは直哉《なおや》と鉢合わせる可能性があるので、やっぱり大和の自宅には足を運びにくい。そのため、ここへ持ってきて編んでみせてくれと言ってみた。

そんなものを見てもしかたがないだろうと最初は断られたが、本当におまえが編んでいるのか確認させろ、などと言い募ったら、渋々承諾してくれた。

好きな人のことはなんでも知りたいし、見たいと思う。

親友時代にも冗談ぽく頼んだことがあったが、そのときは頑として断られた記憶がある。

進歩したなあとにやけつつ、章吾は大和のとなりにすわった。

「あ、大和。ちょっと腰あげて」

「え？」

なにか踏みつけてるか？　と腰を浮かした大和の腰をつかみ、ぐいっと引き寄せた。

「うわ」

バランスを崩した大和を膝《ひざ》の上に乗せ、それまで大和がすわっていた場所へ足をあげさせる。

「な、ちょ、章吾っ」

ふつうにソファにすわっている章吾に対して、上に乗っている大和は身体《からだ》をソファと並行にして体育すわりをしている格好である。つまりこのまま章吾が立ちあがればお姫さま抱っこになる。

「おれのことは気にせず、これでやって」

「おまえね……っ」

「はい、どうぞ」

レース糸と編み針を渡すと、大和は真っ赤な顔をしつつも受けとった。

「これじゃ……やりにくいじゃないか……」

ぶつぶつと文句を言う大和の腰に、章吾は腕をまわした。ゆるく抱きかかえ、大和の身体を胸にもたれさせるようにする。

「これでどう？」

「……よけいやりづらい」

「まあ、やってみてくれ。見てるから」

促すように視線を手元へむけると、大和が慣れた手つきで指を動かしはじめた。

大和がすぐ目の前で、頬《ほお》を染め、耳まで赤くし、ちょっと困ったような顔をしてレース編みをする。そんなことはすこし前までは考えられないことだった。

想いが通じてからの大和は、これまで知らなかった表情を見せてくれるようになった。

感情全開とまではいかないが、以前だったら澄ました表情で通していたであろう場面で、困った顔をしてみせたり、焦ってみせたり、素直な感情を見せてくれる。どうも、これまでは片想いがばれないように表情に出すのを我慢していたらしい。

もう、なんだそれって感じだ。かわいすぎる。

ああ、幸せだなあ……と章吾はしみじみ思った。

平然とふるまっているように見せているが、じつは想いが通じあったいまでも、こうしてそばにいるとどきどきしてしまうことを、大和は知っているだろうか。

二週間前の映画鑑賞のときだって、本当はかなりどきどきしていたことに、気づいていただろうか。

章吾は手元を見ているふりをして、目の前の横顔をこっそり盗み見た。

まっすぐな性格を表すような眉と切れ長の瞳《ひとみ》。高い鼻梁《びりょう》。すっきりとした男前の顔立ちは、なんど見てもぞくぞくするほど魅力的に映る。

かわいくないのに、などと大和は言うが、章吾はこの容姿が好きだった。

高校の入学式、満開の桜の下に立つ大和の凛《りん》とした姿はまぶたに鮮烈に焼きついていて、いまでもはっきりと思い浮かべることができる。

一瞬で目を奪われ、ふとこちらへ流されたまなざしとかちあった瞬間、身体に衝撃が走り、恋に落ちたのを自覚した。

誰かにとられる前にと急いで話しかけ、すぐに仲良くなった。性格も見た目どおり気持ちのよい男で、しかし男っぽくふるまうわりに、じつはけっこう恥ずかしがりだったり、即決できないところがあったりと、こちらのツボをつくかわいい面をいくつも持っていて、知れば知るほど夢中になった。

そばにいるだけでは満足できないほど惚《ほ》れるまで、さほど時間はかからなかった。

そばにいると、ふれたくてたまらなくなった。無防備にとなりでうたた寝された日には、こっそりキスしたい欲求を抑えるのにひと苦労だった。もちろんそれ以上の行為も、毎晩想像した。

なんど押し倒したくなったか知れない。だが潔癖で清廉な大和に気軽にふれることはできなかった。邪《よこしま》な想いが強くなればなるほど神聖な存在に思えて、抑制が働いた。どうしても耐え切れなくなったときには、ふざけているふうを装って抱きついたりしてしまったが、そのときはいつも心臓が破裂しそうなほどどきどきしていた。それは高校時代だけでなく、つい最近でもそうだ。

ひと月ぶりに会った出会い頭のときも。

引越しのときのエレベーターの中でも。

ふざけて陽気なふりをしながら、内心では胸が張り裂けそうなほど好きだと叫んでいた。

頼むから、おれを見てくれと。

親友じゃなく、男としておれを見てくれと。

だが、想いを口にだす勇気はなかった。

ばれたら、絶対に避けられると思った。大和の性格だからきらわれることはないだろうが、距離を置かれることはじゅうぶんにありえた。

ゲイではない大和に、想いを受け入れられるはずがない。

ふざけた調子で誘っても、絶対に乗ってくることはない。ふだんはノリが悪いわけでもないのに、性的なことに関してだけはタブーのように拒まれた。

脈はないとわかっていた。

わかっていても、好きで好きで、のどから手が出るほどほしかった。

高校の頃、家に遊びに来た大和とふたりっきりになったとき、耐え切れなくなって押し倒してしまったことがいちどだけある。そのとき電話が鳴り、その音で我に返って冗談だとごまかすことができたが、あのときは本気で己の欲望にぞっとした。

男同士でも強姦《ごうかん》は犯罪だ。なにより無理やりなことをして、大和を傷つけたくなかった。

親友と思っていた男に犯されるだなんて、一生心に残る傷になる。ポーカーフェイスの奥に柔らかく繊細な心を宿している男だということは知っている。そんな大和のことだから、深いダメージを負うことは確実だ。

誰よりも大事な人を、己の穢《けが》れた欲望のために泣かせたくなかった。

しかしこのままでは、またおなじことを犯しかねない。どうにかして諦《あきら》めなければいけないと思いつめていたときに、かわいい感じの同性から告白された。

好きな相手がいるからといちどは断ったのだが、それでもいいと言い募られた。後ろめたさは感じたが、もしかしたら大和への実らぬ想いを断ち切り、この子を好きになれるかもしれないと、流されるようにつきあいはじめた。

けっきょくその子を好きになることはなく、まもなく別れた。

しかし恋人がいるあいだは、言い方は悪いが性欲の捌《は》け口があるお陰で大和への欲望を抑えられることに気づいた。そのため、そのようなことをなんどかくり返した。

当然大和にはそんなことをしているとは言えなかったが、誰かの口から伝わったらしく、寂しそうに「親友のつもりだったんだが、俺には教えないんだな」などと呟《つぶや》かれたときには泣きたくなった。

年を重ねるにつれ、大和を諦めるなど無理だと悟ったが、性欲はいかんともしがたく、捌《さば》けた相手を選んでお互いに割り切った関係を持ったりした。

直哉も非常に捌けていたし、本命がいてもかまわないということだった。お互い大人で合意の上だったから深く考えずに関係を持ったが、軽率なことをしたと深く悔やんでいる。

大和が好きなのは直哉だと誤解したときには、本当にショックだったし、直哉に猛烈に嫉《しっ》妬《と》した。絶対に大和を渡すものかと思った。自分とつきあっている男だというのに。

さらに職場の若者といい雰囲気だと聞いたときには、理性をなくした。女ならばまだ諦めもつく。風俗のように心のない行為ならば、まだ我慢できる。だが男は許せなかった。大和が家に泊まりにくるときは、襲わないように事前にいちど抜いておくのに、けっきょく襲ってしまった。

結果、大和を傷つけることになってしまった。

大和の目尻にできた傷は、近くから見ないとわからないほどになっている。

大和が容姿を気にしていたことは、最近まで知らなかった。章吾の相手がいつもかわいいタイプだったから、自分では相手にならないと思っていたらしい。「俺、かわいくないけど……」などと凛々《りり》しい顔を赤く染めて自信なさそうに言う姿は頭からかぶりつきたいくらいかわいくて、悶《もだ》え死にかけた。

本当になにもかもかわいいし、その外見と中身のギャップがものすごく魅力的なのに、本人はまるでわかっていない。レース編みが趣味というところもかわいすぎて大好きだ。そんなに恥ずかしがって隠すことはないのにと思うが、このかわいい一面をおおやけにしたせいで恋敵《こいがたき》が増えたりしたら嫌なので、自分だけが知っていればいいかとも思う。

「すごいもんだな」

大和の手元へ視線を戻すと、ほんの短時間でコースターぐらいの大きさのものができあがっていた。

早いペースで作っているが、大作となると何日もかかることは容易に想像がつく。それをいくつももらっている自分は幸せ者だった。

「すごくはない。こういうのは慣れだから」

淡々と答えながら、大和は手を休めることなくせっせと編んでいる。変な体勢でやりにくそうにしながらも、いつしかレース編みに没頭しているようだった。

けっしてちいさくはない身体をちいさく丸めて、ちまちまと作業している姿は、なぜだかリスのような小動物が一生懸命どんぐりをかじっているような様子を思い起こさせる。

大和の横顔を、今度は盗み見るのではなくまじまじと見つめた。

——かっわいいなあ……。

ちょっかいをだしたくなって、耳にふっと息を吹きかけた。

「っ」

大和の肩がぴくんと揺れる。

「あ、ごめんな。続けて」

「…………」

章吾はにこやかに言いつつ、大和のシャツをこっそりと捲《まく》りあげた。さらには、その下に着ているTシャツもかいくぐって、素肌に手を滑らせる。

「こ、ら……なにする……っ」

大和の手がとまり、耳が赤くなる。困ったような顔。その反応がかわいくて、もっといたずらしたくなる。

「うん。気にせず気にせず」

腰から腹の辺りをもぞもぞと撫《な》でまわすと、大和が身をよじって逃げようとする。だからちょっと腕に力を入れて胸に抱き寄せ、赤くなった耳を唇に含んだ。

「気にするなって……っ、ん……っ」

耳朶《みみたぶ》に舌を這《は》わせ、軽く甘噛《あまが》みすると、大和がぎゅっと目を閉じた。快感を耐えるようなしぐさがかわいくて、さらにいやらしく舐《な》め、耳の穴に舌を差し込めば、抱えている身体が感じたように震えだす。

「耳、敏感だな」

低い声でささやくと、大和が恥ずかしそうな顔をする。

「章吾……っ、まだ、昼間……っ」

「昼間は、さわっちゃだめか？　久しぶりに会えたのに、大和はおれといちゃつくのは嫌？」

服の中に潜り込んだ手は蛇のようにそろそろと這いあがり、乳首をめざしている。

「だ……って、それ以上、されたら……」

「最後までしたくなる？」

「……っ」

大和が返答に詰まり、切れ長の瞳を潤ませた。目元を染め、恥らうように俯《うつむ》く表情は艶《つや》やかで、誘われているようにしか見えない。

大和とつきあいだす前、セックスのときの大和はどんな顔をするのだろうかとなんども想像したものだが、これほど色っぽく、匂い立つような表情をするとは思ってもみなかった。

十年ずっとそばにいたのに、こんな顔を隠し持っていたなんて。ほかにどんな顔を持っているのか暴きたくなる。もっとさらけだしてほしいと思う。

「大和……」

章吾は大きく息を吸い込んだ。

本当はこの辺りまででやめておくつもりだった。せいぜい軽いキスをするぐらいで、こうして大和を抱きかかえたまままいちゃいちゃして過ごすつもりだったのだ。だがそんな色っぽい顔を見せられたら、下半身がじっとしてくれなくなった。

大和は耳と言わずどこもかしこも敏感で、その身体にふれたのだから、よくよく考えてみればお互いにこのような結果になるのは当たり前だったかもしれないとも思うが、もう遅い。

空いていた片手を大和の後頭部へまわし、そっとこちらをむかせる。

「大和。昼間でも、しよう」

熱い声で誘って、唇を重ねた。

「ん……ふ、ぁ」

大和の吐息が、章吾の下腹部をじんと熱くさせる。貪《むさぼ》るように唇を味わい、舌を絡ませる。大和とのキスは甘く幸せで、脳髄が蕩《とろ》けそうになる。気持ちはこのままずっとキスしていたいが、下腹部はもっと深い欲望を抱いていて、先へ進みたがっている。

想いが通じてから二ヶ月半が過ぎたが、休みがあわず、まだ数えるほどしか抱きあったことはない。前回抱きあってからも二週間が過ぎており、ひとつになりたい欲求は抑えがたいほどに強まっている。

会うたびに、本当に恋人になったのだという確信がほしくなる。大和の身体に自分の所有の証《あかし》を刻みつけたくなる。

キスを仕掛けているうちに、素肌を這っていた手が乳首に到達した。愛らしい突起に指先がふれると、大和の身体が大きくわななく。

「ん、ん……っ」

大和の手からレース編みが転げ落ちた。その手は代わりに章吾のシャツの胸元をぎゅっと握り締めてくる。

そのしぐさに煽《あお》られた章吾はいったんキスを中断すると、大和を抱えたままソファからおりて床にすわりこんだ。そして本格的に身体をまさぐっていく。

「は……、……」

ずっとふれてはいけないと己に禁じていた存在にこうしてさわれるだなんて夢のように思える。自分の愛撫《あいぶ》で大和が昂《たか》ぶってくれるのがこの上なく嬉《うれ》しくて、愛おしさが胸に溢《あふ》れた。

「あ……章吾……」

ジーンズの上から中心を手でさすってやると、恥ずかしそうに頰を赤らめた大和が唇を嚙み締め、耐えるように横をむく。抵抗しないのは了承と受けとって、章吾は大和のベルトをはずし、下着の中へ手を伸ばした。わずかに兆しかけたそれをじかに握ると、大和が「ん」とのどを鳴らす。のど元にくちづけながら、手のほうをやわやわと刺激しているうちに、大和の呼吸が乱れてくる。大和の膝がもどかしそうにすこしずつ開いていく。

目尻に快感の涙をため、薄く唇を開き、やるせなさそうな吐息をこぼす恋人の表情はたまらなく腰にきて、章吾の熱をあげる。

「大和……このままだと窮屈だろう。体勢変えようか」

「……ん」

大和が腰をあげ、膝立ちになる。章吾も膝立ちになると、立ちあがろうとする大和を制してその背中に抱きついた。そして大和のジーンズと下着を太腿《ふともも》までおろしてしまう。

「あっ」

明るい照明の下にむきだしになった大和の中心を、背後から伸ばした手でふたたび握り、刺激する。

「……っ、ん……っ」

大和が艶めいた声をあげながら、ソファに手をついた。いじっているうちに、それは硬く勃《た》ちあがり、先走りを溢れさせるほどになる。

大和の興奮が章吾にも伝播《でんぱ》し、昂ぶらせる。早く繋がりたくて、そればかりが頭を占めるようになり、章吾は彼の引き締まって弾力のある尻に自分の腰を押しつけた。胸も背中に密着させ、体重をかけると、大和はそれに逆らうことなく上体を前に倒し、ソファの座面に上半身を預ける。

「あ……章吾、だめ、っ……、待って……」

ふいに大和がせっぱ詰まった声をだした。

「達きそうか？」

刺激する手の動きを速めると、大和がその手を押さえ、首をふった。

「ん……っ、ちょっと、待ってくれ……っ」

「なに？」

話したいことがありそうなそぶりに、章吾は動きをとめる。すると大和が身をひねり、身体を離してほしそうに章吾の胸を押した。

「その……」

口にするのをためらうように、その視線が伏せがちにさまよう。待っていると、やがて蚊の泣くような声でささやかれた。

「……俺も、章吾の……さわりたい……」

顔を真っ赤にさせ、恥らうように瞳を潤ませてそんなことを言われては、自制が利かなくなりそうだった。いっきに全身の血が沸騰し、中心が硬くそそり立つ。

「そっか……じゃあ、いっしょにさわるか」

章吾はジーンズと下着を脱ぐように大和に促し、自分も手早く脱ぐと、胡坐《あぐら》をかいた。

「上に跨《また》がって」

「……上に？」

そんな体勢になることは初めての大和が、とまどったような声をだす。ジーンズを脱ぎ、さりげなくシャツの裾《すそ》を引っ張って自分のものを隠そうとしている姿がかわいい。

「そう。抱きあう格好で」

大和の視線がすわる位置を確認するために章吾の顔から下方へむけられ、うっかり視野に入ってしまった中心に注がれる。天をむくそれの大きさを改めて目にし、切れ長の瞳がうろたえたように見開かれる。

「大和。こいよ」

まごつく大和の手を引いて導いてやると、おずおずと上にすわってくれた。章吾は大和の腰をぐっと抱えてさらに距離を縮めると、ふたりのものをまとめて握った。そして大和の手も引き寄せて、いっしょに握らせる。

「あ……」

大和が緊張と興奮のないまぜになった表情を浮かべながら、ごくり吐息を呑む。この男に自分のそれを見られ、さわられているのだと思うと、それだけで興奮して硬度が増した。

「大和もいっしょに動かして」

章吾は大和の手を上から包むように握りなおし、ゆっくりと手を上下させた。

「っ……、ん……」

章吾のリードで、いっしょに猛《たけ》りをこすりあわせる。互いの先走りが混ざりあい、それを茎に塗り広げるようにして手を動かすと、滑りがよくなり快感が増した。大和の熱を感じていると、徐々にそこが熱くなり、溶けあってしまいそうになる。

「は……あ……」

大和も快感が高まってきたようで、呼吸が乱れ、手の動きにあわせてその腰が揺らめきはじめた。猫科の動物のようにしなやかな腰のラインは美しく淫靡《いんび》で、見ているだけで劣情を刺激される。

熱い吐息をこぼす唇は誘うように濡《ぬ》れていて、章吾はほとんど無意識に唇を寄せた。

濃厚なキスを交わしながら手の中のものを淫《みだ》らにいじり続けていると、大和のものがひくひくと震えだす。限界が近いようだ。

自分のものもおなじくらい滾《たぎ》っている。

やがて大和が耐えきれずにキスを離した。

「っ……、章吾……、もう……っ」

泣きだすような甘い声に名を呼ばれ、章吾はそれに応えて手の動きを速めた。大和の綺麗《きれい》な猛りにこすられて、快感が腰に満ちる。腰がずっしりと重くなり、下肢に力が入る。興奮で息が荒くなり、身体が熱くなる。限界まで熱が高まり、解放の予感を覚えたとき、タイミングをあわせて強くしごいた。

「く……っ」

「あ、あ……っ！」

大和が背をしならせて絶頂を示す。手の中の互いの猛りはほぼ同時に爆《は》ぜて指を濡らした。大和が身体を震わせ、くたりと力を抜いた。章吾はそばにあったティッシュで手を拭《ぬぐ》い、大和の背を抱いた。解放の余韻の残る艶めいた表情で、大和が身を預けてくる。その身体を抱きしめて、満ち足りた気分を味わった。

しかしこれだけでは足りない。

「落ち着いたら、ベッドへ行こうか」

耳元で甘く誘うと大和が恥らいながらこくりと頷く。

「あ……いつまでも上に乗ってごめん。重いよな」

しばらくして息が整うと、大和が遠慮しながら身じろぎした。

重いというほどではないしその重みが幸せで、一生抱きついていてくれてかまわないのにと思うが、早くベッドに行ってもっと深く抱きあいたいとも思うので、素直に解放してやる。

「そうだ、レースが……」

大和がふと呟く。身体が落ち着いて、床に転がったレース糸のことを思いだしたらしい。レースの糸玉も編み針も、ソファの横に落ちていた。

「あれ」

章吾の膝からおりた大和が、それらを回収したところでなにかに気づいたように声を漏らした。視線はソファの陰になっている辺りだ。章吾が声をかけるより先に彼の手が伸びる。拾いあげたのはレース編みのコースターだった。

「これ……俺があげたやつ、だよな」

それは大和のレース編みの初期作品だった。くたびれて、すこしよれよれになっている。

「あー。そんなところに……すまん、落としてたけど大事にしてないわけじゃないぞ」

「ああ、わかってる。これ、かなり昔のやつだよな」

「高校時代にもらったやつだな」

「昔ので下手くそなのに……まだ使ってくれてたんだ」

「あ、ああ……」

十年前のコースターをいまだに大事に使ってくれていると思った大和が嬉しそうに微笑《ほほえ》む。

その笑顔を見て、章吾は若干の後ろめたさを覚えた。

大事に使っていることは間違いではない。ただし本来の目的とは異なる使い方をしていた。

章吾は大和に長いこと会えないと、禁断症状が現れる。

それはどんな症状かと言うと、レース編みが大和に見えてくるのである。

精魂込めて作られた作品には大和の想いがこもっている。何日も大和がこれを手にしていたのだ、大和の手の汗が染みついているのだ、と思うと、大和の分身のように思えてくるのである。そして興奮してしまう。

夜中に大和の家へ押しかけてでも襲いたい衝動に駆られたときには、それに頬擦りしながらマスをかき、己を慰めるということをしている。

——そんなこと、大和には絶対言えないよなあ……。

コースターを手にした大和が純粋なまなざしをむけてきた。

「すごく、使い込んでる感じだな。ありがとうな」

「は、ははは……礼を言われることでも……」

そのコースターはマスかき用だが、ほかのものはちゃんと大事に正しく使っているから許してほしい。章吾はやましさから妙に明るい笑い声をあげ、目を逸《そ》らした。

あとがき

こんにちは、松雪奈々です。この度は「かわいくなくても」をお手にとっていただき、ありがとうございます。

今回は乙女で一途な妄想男子、大和のお話です。高校の頃から親友の章吾に想いを寄せているけど、章吾の好みは大和とは正反対のかわいいタイプ……ということで、ぐるぐる悶々しております。麻々原絵里依先生のイラストが、男前なのに中身はアホな大和をよく表して下さっていて、その辺も楽しんでいただけたら幸いです。

担当編集さま、謝辞の言葉を思いつく限り述べても足りないぐらいお世話になりました。本当にありがとうございました。

麻々原絵里依先生、素敵なイラストをありがとうございました。大和も章吾も垂涎ものの格好よさで、幸せです。

またこの本の出版に携わって下さった皆様にも御礼申しあげます。

それでは読者の皆様、またお会いできたら嬉しいです。

二〇一二年四月

松雪奈々

✦初出　かわいくなくても……………………書き下ろし
昼下がりのコースター……………書き下ろし

松雪奈々先生、麻々原絵里依先生へのお便り、本作品に関するご意見、ご感想などは
〒151-0051 東京都渋谷区千駄ヶ谷 4-9-7
幻冬舎コミックス　ルチル文庫「かわいくなくても」係まで。

幻冬舎ルチル文庫
かわいくなくても

2012年5月20日　第1刷発行

✦著者	松雪奈々　まつゆき なな
✦発行人	伊藤嘉彦
✦発行元	株式会社 幻冬舎コミックス 〒151-0051 東京都渋谷区千駄ヶ谷 4-9-7 電話 03(5411)6432［編集］
✦発売元	株式会社 幻冬舎 〒151-0051 東京都渋谷区千駄ヶ谷 4-9-7 電話 03(5411)6222［営業］ 振替 00120-8-767643
✦印刷・製本所	中央精版印刷株式会社

✦検印廃止

ISBN978-4-344-82526-0　C0193　Printed in Japan